書下ろし

兇《きょう》暴《ぼう》爺《や》

阿木慎太郎

祥伝社文庫

兇暴爺

一

人には予感とか予兆というものがあると、小野寺《おのでら》巡査部長は漠然とだがそう思ってこの四十二年を生きてきた。悪い予感とか、何となく押し寄せる不安とか、まあ、そういった類《たぐい》のものである。

だがその夜のこのお巡りさんにはそんな予感も予兆もなかった。

間もなく零時《れい》という深夜にもかかわらず、自転車で夜の巡回をする小野寺の頰《ほお》を撫《な》でる夜風は五月の連休明けにしては暖かく、この上もなく気分が良かった。重ねて言うが、間もなく起こる悲劇とは言わないまでも、あまり楽しくない出来事の予感などどこにも感じることはなかった。だから、好きな玉置浩二《たまきこうじ》の『メロディー』を小さな声で歌いながらゆっくりペダルを漕《こ》いでいた。

小野寺はいわゆる交番勤務だが、有り難《あがた》いことに七つ星町《ななぼし》という住宅地にある交番に事件が持ち込まれることはほとんどない。駅前の交番はけっこう忙しいが、小野寺が管轄《かんかつ》のこの住宅エリアで事件といえば空《あ》き巣が年に一度か二度、あってもそんなものだ。

だから以前は昼間だけ何時間か駐在の警察官がいて、夜間は閉鎖だった。

ただ、四月にストーカー被害の相談が所轄署に来て、被害の届人がたまたま七つ星町の住人で、それが理由で夜間にも二名の駐在が決められ、深夜の巡回が強化された。近年、ストーカー被害に対する警察の対応がメディアによって問題視されることが多く、警察としては必要以上に神経を遣《つか》わなければならなくなったのである。

もっともこの所轄署からの指示にも、実際には小野寺がそんなに神経を遣うことはなかった。所轄の相談員は詳しくは知らないのだろうが、小野寺はそのストーカー被害を持ち込んだ女性を良く知っていた。

五十代前半の独身女性で、以前はデパート勤務、現在は七つ星駅前に美容室を経営している。これまでに三度、ストーカー被害だと所轄署を訪《おとず》れ、相談員を悩ませてきた御仁《ごじん》である。

小野寺をはじめ、今では所轄の相談員も、これが九十九パーセント狂言《きょうげん》だと思っている。まずもってストーカー被害に遭う要素が、この女性にはどこにもないからだ。

なにせ、身長が百八十センチ以上あろうかという巨女で、こんな女性を襲うには相当の体力気力が必要だろうと誰もが思う。顔立ちは、厚化粧《あつげしょう》なので良くはわからないが、口がでかいことは遠くから見てもわかる。男が後をつけたくなる容貌《ようぼう》とはとても思えない。女でもできれば見つめることはなかろうと小野寺は自信をもって断言する。こういっては申し訳ない気もするが、はっきり言って、相当のブスである。

まあ、美人でなくてもどこか愛らしく、話せば醜《みにく》い顔かたちもだんだん魅力的になる、という女性もこの世には多くいる。たとえば、その昔、駅前商店街のパン屋の娘だった小野寺自身の妻君だ。旨《うま》いと評判のカレーパンを何度か買いに行き、ひょんなことから話をするうちにだんだん相手が綺麗《きれい》に見えてきて、こんなに優しくてチャーミングな女性なら……と、いろいろあった末に結婚したのだ。優しくなんかないと知ったのは数年経《た》ってからで、これは自分の鑑識眼の問題であって、かみさんのほうに落ち度があるわけではない。

だが、当該の堀越美奈子《ほりこしみなこ》という女性にかぎっては、美しいのは名前だけだ。まあ、はっきり言って魅力なんかどこにもない。もし見つめられでもしたら、そのでかい口で食われそうな恐怖すら感じるはずだ。こんな女性に香水とか化粧水とか勧《すす》められて買う客がいたのか、と小野寺は履歴《りれき》を疑う。それなのにストーカーに狙《ねら》われるなんて……。だが、あなたはブスだからストーカーなどいる筈《はず》がないでしょう、とは言えない。で、

「わかりました、わかりました、それではお宅の周辺の巡回を強化いたしましょう」

と相談員は一刻も早く会話を切り上げたくて、堀越美奈子にそう約束をする。だが、この相談員が自分で深夜巡回をするわけではなく、風の日も雨の日も巡回するのは小野寺をはじめとする『七つ星交番』のスタッフなのだ。

今夜も無事に堀越美奈子が住むマンションの近くを巡回し終えて一安心。交番に戻って温かいお茶と差し入れのみたらし団子を……駐在のお巡りさんにとっては住民のこうした

差し入れが捨てがたい楽しみでもあるのだ。

自転車を交番の脇に停めて小野寺は、「やれやれ」と扉を開けて職場に一歩踏み込んだ。

「ああっ、またっ……十段《じゅうだん》……！」

小野寺巡査は思わずそう口走ってしまった。

「またっ、とはなんだ！　十段とはなんだ！　名前を呼ばんか。まったくおまえさんは無礼な奴だな」

奥の院とも呼ばれる奥の部屋のデスクに座り、悠然《ゆうぜん》と茶を飲んでいた老人が小野寺を睨《ね》めつける。禿《は》げ頭で、猪首《いくび》のこの老人の名は三船敏三《みふねとしぞう》。たぶん年齢は七十七か、七十八。この老人の前には留守番《るすばん》役の蒼井勇気《あおいゆうき》巡査が後ろで腕を組み、ふだんは青白い顔を、今は真っ赤にして仁王立ちしている。

「……何が、あった……？」

三船敏三が座っていたショックを飲み込み、おそるおそる小野寺は憤懣《ふんまん》隠しきれずという表情の蒼井巡査に尋《たず》ねた。

「……現行犯逮捕です……！」

と蒼井が応える。三船敏三がせせら笑うように言う。

「バカ、逮捕したのはわしのほうだろうが」

わけがわからず、小野寺はもう一度蒼井に目を向けた。良く見ると蒼井の制服は泥だらけである。頬にも泥がついている。

「先輩が来たんだ、釈放してやる。後ろ向け」

「えぇっ？」

屈辱《くつじょく》にさらに顔を赤くした蒼井巡査がしぶしぶ後ろを向く。小野寺は、ゲッ、となって二歩後退《あとじさ》った。なんと、蒼井巡査の手首には手錠がかけられているではないか！

十段が手に持った手錠の鍵を、チャラチャラと目の前で振って見せた。

「……この年寄りが……若者に暴行を働いて……」

と後ろ手を差し出した蒼井巡査が震《ふる》える声でいう。

「バカ、ただの若者じゃないといっただろうが。あいつは痴漢《ちかん》だ。若い娘を強姦《ごうかん》しようとしていたから、わしが止めた。それをこの馬鹿がわしを捕まえようとしおって……まあ、警官になるくらいだから頭も悪いんだろうが、それにしても許容《きょよう》を超えとる。どうしてこういうのが警察官に採用されたか理解に苦しむ」

十段と呼ばれた年寄りはそう言い、手錠の鍵を小野寺に放ると、スチール机の上のみたらし団子に手を伸ばした。

「違います、違います！　もしそうだったら、一緒にいた娘さんが通報してくるはずがないでしょうが！」

「わからん奴だな。じゃあその娘はどこにいる？　ここにいるかい？　いるわけがないわな、わしが『早く逃げなさい！』といって逃がしてやったんだから」

「違います、違います！　その娘さんがここに駆け込んできて……それで本官が……本官が……！」

「そうよ、おまえが来て犯人を逃走させたんだ。バカの極《きわ》みだな。おまえは日本警察の汚点。嘆《なげ》かわしいかぎりだ。将来が思いやられる。もう一度警察学校で最初からやり直したほうがよろしい」

小野寺が食べるはずだった差し入れのみたらし団子が十段の大きな口の中に一個、二個と消えていく。

やっと気を取り直した小野寺は何となく十段こと三船敏三という老人に愛想《あいそ》笑いを見せながら近づき、蒼井の手錠を外した。

「あんたね、あんた、一体……！」

と両手の自由を取り戻した蒼井が三船敏三に飛びかかろうとするのを小野寺は何とか止めて、強引に見張り所のスペースに引きずっていった。

「おまえ、どうして俺に連絡しない！」

お巡りさんは常に通信機器を装備している。県警からの指令を聞く受令機と所轄系の送受信機だ。何か突発事案が起こったらまず先輩の交番長の小野寺に報《しら》せてこなければならない。

「連絡は……」

真っ赤だった蒼井巡査の顔が蒼褪《あおざ》める。小野寺への報告は絶対に忘れてはならない基本なのだ。奥から団子を飲み込んだ老人が声を上げる。

「出来んかったんだよ。無線機が壊れていてな」

小野寺はほっとして、蒼井巡査の首を抱えこむようにして言った。

「いいか、蒼井……無線機が壊れていたんなら仕方がないけどな……そうでなければ……」

また老人が声を上げる。

「そうそう、お巡り殺すに刃物は要《い》らん、ミスの一つもチクればいい。だから無線機は壊れていたんだよ。ルーキーに傷をつけんのが先輩の務《つと》めだ。しっかりせいよ、先輩巡査」

小野寺は知らぬ間に再びの愛想笑いで二度頭を下げた。たしかにこの年寄りの言う通りなのだ。一度でもおかしたミスは後々まで響く。ましてや、緊急事態に報告を忘れた、となれば……。小野寺は再び蒼井巡査の首に腕を回し、有無を言わせぬ口調で囁《ささや》いた。

「いいか、無線機が壊れていたことを頭にしっかり叩《たた》き込め。それと、大事なことをもう一つ。きみは、まだここに来たばかりだから知らんのも無理はないけどな、あの爺《じい》さんはな、そこらの酔っ払いじゃあないんだよ」

「だから何なんですか。あの年寄りは……」

といって部屋に戻ろうとする蒼井巡査をがっちりと羽交《はが》い締めにして小野寺は話をつづけた。小声だが目いっぱいドスを利《き》かせて話す。

「バカ！　いいか、良く聴け！　まずあの十段の息子がどういう人物なのか、そいつから教えるからな」

「息子？」

「ああ、あの爺さんの息子だ。おまえ、三船幸一郎《こういちろう》って聞いたことないか？」

「ええっと、三船幸一郎って……えっ、あの、サッ庁の、あの三船幸一郎さんですか？」

「ああ、そうだ。よく知っていたな。現在は警察庁刑事局のトップ、来年には警察庁長官か、悪くても警視総監になると言われている人物」

警察庁長官も警視総監も公安畑がコースだから刑事畑出の三船幸一郎がトップの座に就《つ》くという噂《うわさ》は刑事たちにとって最大の関心事なのだ。まさに刑事たちの希望の星、神様なのである。

「ええっ、そんな……！」

「それだけじゃあないぞ。うちの署長な、甘利《あまり》署長、署長はあの爺さんの教え子だ」

「なんです、それって！」

「あの三船って爺さんは、十段って綽名《あだな》で、もとは高校の体育教師で、署長はその教え子」

「教え子？」

「学校は七つ星高校。おまえさんはここの出じゃあないから知らないかも知れないが、七つ星高はな、柔道では全国制覇したこともある名門校。十段は、そこの体育教師だけじゃなくて、現役の頃は柔道部の部長。だからうちの署長も、ほら、七つ星高校の卒業生だからさ、あそこの柔道部で毎日ヒーヒーあの十段にしぼられていたってこと。だから今でもあの爺さんに弱くて、十段がやって来ると署の裏口から逃げ出して居留守をつかう……秘書に居留守つかわせても署長室までずかずか入って来るからさ、裏口から逃げるしか手がないの」

所轄のお巡りさんにとって署長は神様だ。その神様が逃げ出すとは……。

「わ、わかりました……で、でも、どうして小野寺さんは十段って……」

「それは綽名。さっき言わなかったっけ。本当の名前は三船敏三。本当は三船敏郎《としろう》にしたかったそうだけど、生まれた時から可愛《かわい》くない顔だったんで、親もさすがに気がひけて、あの映画スターと一字違いの敏三にしたって。まあ、嘘《うそ》か本当かわからないけど」

この話は嘘である。三船敏三は戦前の生まれで、三船敏郎がスターとして映画界に登場した時はすでに五つか六つになっていたのだ。

「でも、十段って……」

「おまえ、知らないのか？　昔な、講道館《こうどうかん》に三船久蔵《きゅうぞう》という凄い人がいたんだよ。空気投げの名人。この人の段位が十段でね。で、そこからついた綽名。この町の人で、十段を知らない人はいないからな。綽名の由来だって、たいていの人が知ってるよ」

「……そ、そんな有名人なんですか」

ひそひそ声になって続けた。

「有名人というか……問題児。いや、問題老人。なにせすぐ暴力をふるうしなぁ。だから、なにかというとここに連れられて来るの、暴力爺《じじ》いといってさ」

身に染みたのか蒼井巡査が名前と同じ顔色になり、

「たしかに……簡単に投げられました……」

「そうだろう、そうだろう、仕方ないぞ、なにせ相手は年寄りといえども十段だからさ……いや、本当は、四段か五段だったらしいけど。なにせ全国制覇した高校の柔道部だよ、生徒も強いけど、教える部長も鬼だったそうだ。鬼の十段、年寄りといってもね、普通の年寄りじゃあないの。だから、ここにも始終やって来る。トラブルマンだから」

「激励に？」

「バカいえ。トラブルを起こして来るんだ。だが……パクられることはない」

「署長が子分だからですか？」

「違う、違う。署長は潔白《けっぱく》。パクれないのは、あの爺さんに知恵があるから。悪知恵だけど、なんだかんだうまいこといって、たいてい相手が悪いことにしてしまう。つまりいっの間にか加害者だったはずがさ、自分が被害者になっちまう。質《たち》が悪いというか、知恵が回るというか、ぼくらではちょっと太刀《たち》打ちできないの」

その時、みたらし団子をすべて食い終えた三船敏三が腰を上げた。

「……おい、なにこそこそやっとる。眠くなったから帰るぞ。それにしても、団子は旨《うま》かったが茶はいまいちだな。もっと良い茶を用意しなさい。なに、署長の遊興費《ゆうきょうひ》を削れば旨い茶葉などいくらでも買える。現場の第一線で働く諸君たちこそ旨い茶を飲まんとな！」

小野寺は、気が付かなかったが、実にもっともなことをいうと、いつの間にか揉《も》み手をする形になって十段の側《そば》に戻った。

「なにやら……いろいろ誤解もあったようで」

立ち上がった三船敏三が伸びをして言った。

「いいか、そっちの若いのに言っておきなさいよ。昇進試験のことばかり考えてないでたまには体を鍛《きた》えるように。そんな青瓢箪《あおびょうたん》みたいな面《つら》じゃあ暴漢を取り押さえるのは難しいぞ。これで失敬する。それと、念を押しておくが、無線機のことは誰にも言わんからな。その件は安心せい。では、ごめん」

「あ、あ、有り難うございます……」

なるほど、爺さんは蒼井を庇《かば》ってやったんだ、と小野寺は納得した。たしかに通報を怠《おこた》って現場に急行したことがばれれば、蒼井は致命的な傷を負《お》う。息子が警察官だから、あの十段は細かいところまでわかっているのだ。

唖然《あぜん》と見送り、小野寺は「やっぱり今回もこっちが有り難うございます」と言う結末か、と小さく呟《つぶや》いた。

交番を出た三船敏三は首筋を揉みながらゆっくり自宅に向かって歩き始めた。夜気《やき》が心地良い。彼の自宅はこの交番から歩くと十五分ほどかかる。バスでいえば三停留所先だ。昼ならバスに乗るが、終バスは十時半。もう深夜も零時を過ぎたからバスはない。交番から百五十メートルほどの所にある『北斗《ほくと》公園』までやって来た。一時間前に三船敏三が乱闘を繰り広げた現場である。駅前の飲み屋でウーロン割の焼酎《しようちゆう》を四杯も飲んだせいか、交番で不味《まず》い茶を飲んだせいか、また尿意をもよおした。

「交番でやっておけばよかったな」

と考えながら、三船敏三は公園に入って行った。

『北斗公園』はけっこう広い。中には池などもあり、夏になれば悪ガキどもが立ち入り禁止の池の端まで入ってザリガニを獲《と》ったり可哀想《かわいそう》なカエルを捕まえて虐待《ぎやくたい》したりしている。たまにではあるが、陽気が良い夜にはアベックがやって来たりもする。もっとも、犯罪とは縁遠い土地柄とはいえ深夜にやって来る者はまずいない。ところが、今夜はいたのだ。

医者に禁じられている焼酎をたっぷり腹に入れた三船敏三は、小一時間前にやはりこの公園に立ち寄って、池のはずれにある公衆便所で小便をしたのだ。出すものを出してすっきりした彼は、そこでアベックを発見した。池の端のベンチで男女がもみあうように抱き合っていたのだ。女のほうが身を捩《よじ》り、「いやよ、いや、いや」と言っているのが聞こえた。男のほうがのしかかる素振りを見せ、「いいだろ、いいだろ」とやっていた。女がまた言う。「いや、いや、もうやめて、お願い」。そこで敏三は「ムムッ」となった。「いや、いや」と言っている女に男は「いいだろ、いいだろ」と迫っていたのだ。

「おい、コラ、止《や》めんか！」

余計なお世話とわかっていたが、これはチャンスだ、と敏三は考えたか、考えなかったか。敏三とて子供ではないから、女の「いやよ、いやよ」が好きの内、だということぐらいはわかっている。だが……言葉を記録すれば、いやだ、と拒絶しているにもかかわらず男が関係を迫っているという図式は変わらない。だからこれを止めても妨害《ぼうがい》には当たらない。しかも男はすでに女にのしかかり、事に及ぼうとする体勢にある。これを制止するのは市民の義務である。まさに善意の第三者。

「バカ者！　止めろと言っているのがわからんか！」

男はベンチから立ち上がって啞然と敏三を見下ろした。若い男で、敏三より頭一つ大きい。唖然から立ち直った男が言ったのも無理はない。

「てめぇ、なんだ？」

「おおっ、てめぇ、と来たな。年長者に向かってその口の利《き》き方はなんだ！」

「てめぇには関係ないだろ、ひっこんでろ、爺い！」

若い男は敏三を追い払うように手を振り、またベンチに腰を下ろして女に向き直った。

敏三はそんな若い男の襟首《えりくび》を摑《つか》みベンチから引き上げた。八十歳近い老人にしてはやたら力がある。若い男は簡単に腰を浮かせた。

「な、なにをしやがる！」

ベンチから唖然として敏三を見上げる若い女に言った。

「娘さん、早く逃げなさい！」

「あ、あのう……」

何か物を言いたそうな女に敏三はまた言った。

「早く逃げなさい！　早く！　男と遊ぶのはかまわんが、もう少しましな男を選びなさい」

敏三は男を引き摺《ず》ってベンチから離れた。そのまま今度は腕を逆に極《き》め、木立《こだち》まで引っ張って行く。

「イテテ……何しやがる！　離せ！　この野郎！」

「この野郎とはなんだ？　年長者に向かってこの野郎とは畏《おそ》れ入ったな」

若い女が走って逃げて行くのを横目で見送り、

「暴力はいかんよ、暴力は。女性には優しくせんといかん」

襟を取って腰を捻《ひね》ると、若い男の体は簡単に宙を飛んだ。

「わっ……！」

背中から地面に叩きつけられた若い男が悲鳴をあげる。

「まだまだ。不純異性交遊はだめだよ。若者はもっと志《こころざし》を高くもたんといかん。人生航路はまっすぐに」

やっと立ち上がった若い男をもう一度腰に乗せて投げ飛ばした。裏返しに背中から地面に叩きつけられた男が、「ぐぇっ」というような声を上げる。

「まだまだっ」

這《は》って逃げようとする男を眺《なが》めて敏三はポケットから煙草《たばこ》を取り出した。飲酒と同様、喫煙も医者から強く禁じられている。喫煙は血管を収縮させて、糖尿病患者を壊疽《えそ》に導く。敏三はかなり重症の糖尿病患者である。だが、医師の指示を忘れたのか、煙草を咥《くわ》え、百円ライターで火を点《つ》けて勢い良く煙を肺いっぱいに吸い込む。旨い。実に旨い。体を動かしたあとは格別だ。ニコチンが肺に染みわたり、なんとも心地良い。大きく煙を吐き出し、三メートルほど這って逃げる男の背中に片足を乗せる。

「これは人助けだ。いや、あの女性のことじゃあないぞ。おまえさんのことだ。あのままでいったらきみは強姦罪になるところだった。それを、わしが助けた。今後は心を入れ替えて真面目《まじめ》に生きなさい。青年よ、大志を抱け」

よろよろと立ち上がる若い男を、今度は背負《せお》いでもう一度投げた。背丈《せたけ》が百六十三センチと小さい敏三の得意技はこの背負いである。本当は内股かなんかで投げたいが、なにせ足が短いから内股は使い難い技なのだ。今度は肩から落ちた若い男が「ギャー！」と叫ぶ。もう一度旨いニコチンを大きく吸ったところで敏三は何者かに羽交い締めにされた。背の高い男だ。羽交い締めにされた腕の角度で相手の身長がわかる。

「ん？」

背中の男が言った。

「何をしているんです！　止めなさい！」

若い男の仲間が来たのか？　取り敢《あ》えず敏三は咥え煙草のまま、羽交い締めにする背後の男をまた背負いで投げた。宙を舞ってその男が必死で逃げようとする若い男の手前に背中から落ちた。「アレッ……？」となった。警察官の制服を着ている。なに？　お巡りさん？　制服の巡査が顔面を真っ赤にして立ち上がる。先に投げた若い男がそのお巡りの背中に隠れるように叫ぶ。

「暴漢ですっ！　人殺し！」

「なにっ！」

敏三が一歩前に出ると、若い男は「わっ！」と叫んで逃げ出した。お巡りが顔面を朱に染めて大手を広げて敏三の前に立ち塞《ふさ》がる。

「ぼ、暴力は止めなさい！　止めないと逮捕する！」

「バカを言え、バカを！　あいつが若い婦女子を……」

「現行犯で逮捕する！　交番まで来なさい！」

あろうことかバカお巡りが敏三を抱えこんできた。

「わからん男だな。あの若いのが、若い娘を無理やりに……」

敏三はお巡りが何をしようとしているのかに気づき、愕然《がくぜん》とした。背の高いお巡りがもたもたと腰のケースから手錠を取り出そうとしているのだ。

「わしの言っていることがわからんのか！　あの若いのが婦女子を強姦しようとしているのを、わしが止めて……」

やっと取り出した手錠を敏三の腕にはめようとしながらお巡りがまた叫ぶ。

「その婦女子から通報があったの！　それで本官が……」

敏三にしてみれば、あとは本能的な動きだった。敏三は体落としでお巡りを投げ飛ばすと、地べたに這わせ、後ろ手錠をかけたまま交番まで連行した。これが三船敏三が一時間前にこの『北斗公園』で演じた乱闘事件の顚末《てんまつ》である。

三船敏三は今夜二度目の公衆便所で用を済ませ、もう一度乱闘のきっかけになった池の端のベンチまでやって来た。ゆっくり腰を下ろし、ポケットから煙草を取り出し、夜空を見上げた。

どれが北斗七星かわからないが、空には無数の星が綺麗に瞬《またた》いている。四十年前にここにあったベンチはプラスチックなどではなく、もっと風情《ふぜい》のある木のベンチだった。その時、敏三は一人ではなかった。隣にもう一人。手を取っていた女性は星野亜矢子《ほしのあやこ》……後の三船亜矢子……。そう、六年前に先に逝《い》ってしまった敏三のかみさんである。あの夜も今のように二人で星空を見上げていた……。

ベンチはプラスチックに替わっていても、場所は同じだ。生まれて初めて恋をして、自分にはかなわぬ夢だとしか思えないような美人の女性と初めてデートをして……その晩銀座《ぎんざ》で観た映画のタイトルは覚えていないが、握った亜矢子の手のぬくもりだけは今もしっかりと覚えている。敏三が、ベンチでいちゃつく若い男に構ったのは、その行為に腹がたったのでもなければ、嫌がらせで声をかけたのでもなかった。たぶん、亜矢子と二人で座った同じところにあるベンチに座り、いちゃつく二人の若い男女に思い出を汚《けが》されたような気がしたからかも知れない。

きらきらと輝く星たちが次第《しだい》にぼんやりとかすんでいく。最近流行《はや》りの歌の文句ではないが、「会いたい」と思った。もう一度会えたら、寿命が何年縮まってもかまわない。いや、亜矢子と代わって鬼籍《きせき》に入っても構わない。もう一度、二人でこの星空を見られたら……。

鼻の奥がツーンと痺《しび》れた。敏三は煙草を携帯灰皿にしまうと、星を見上げたまま立ち上がった。夜空を見上げているが、もう星はぼやけてしまって見えない。

そのまま敏三はゆっくり歩き始めた。公園に入ってきたときとはまるで違って、足取りはよろけている。帰る家には灯火《ともしび》がない。待つ者が誰もいないからだ。

敏三は小さな声で歌い始めた。坂本九《さかもときゅう》の『上を向いて歩こう』。上を向いたまま歩いた罰で飛び石に躓《つまず》いた。

「イテテ……」

それでも上を向いたまま、敏三は歩き続けた。

二

翌朝、敏三は十一時まで床《とこ》にいた。目が覚《さ》めなかったわけではない。年寄りの目覚めは早い。だから夜が明ける前、午前四時から目は開いていた。要するに床から起き上がることが出来ずに布団の中にいたのである。原因は激しい腰痛。体をちょっと捻ったただけで悲鳴が出るほどの激痛が走る。膀胱《ぼうこう》は一晩溜《た》まった尿で皺《しわ》がなくなり破裂寸前だが、立ち上がって便所まで行くことが出来ない。

「うーむ……」

小便を床の中でしてしまうことも出来ず、敏三は唸《うな》りながら何とか半身を捻り俯《うつぶ》せになった。それだけの動きで額《ひたい》から脂汗《あぶらあせ》が流れる。

「むむっ……」

足を動かせば激痛が来るので、腕だけで半身を持ち上げた。何としてでも便所まで辿《たど》り着かねばならない。これまでだって歳が歳だから腰が痛くなったこともある。だが、こんな異様な激痛を体験したことは一度もない。息をしただけでもビリリと激しい痛みが走るのだ。

敏三の寝間は和室の八畳で、床は一週間敷いたままである。身を捻るようにしてとにかく布団から畳の上に這った。便所に行くには廊下に出て左手に進む。右手が玄関。二階家で、今風に言うと4LDKだが、築六十年ほど経っている。一人息子の幸一郎が結婚して家を出てから二階には上がったことはない。廊下の板敷を敏三は呻《うめ》きながら這うようにして左手の便所にのろのろと進んだ。便所の前まで這ったところで玄関扉の開く音が聞こえた。

「お早うございます。美智子《みちこ》です！」

敏三は「うわっ」となった。美智子が来たのだ。美智子は息子の幸一郎の嫁である。歳は四十二。敏三にはこの世で怖いものはほとんどないが、頭の上がらない人間が三人ほどいる。

一人は亡くなったかみさん。嫁の美智子もその一人だ。亡妻の亜矢子も絶世の美人だったが、嫁の美智子もすれ違う男なら誰でも振り返りたくなるような美女である。まあ、息子とは犬猿の仲だから言いたくはないが、幸一郎が母親に似て美男だから嫁に美人が来ても不思議ではない。ただ敏三としては何となく面白くないだけである。あんな冷血な男にはもったいないと思う。だから嫁の顔を見るといつも、

「どうだい、幸一郎が死んだらさ、わしと再婚してくれんか。あんたなら死んだかみさんも良いというはずだよ。あんな旦那《だんな》、一緒におっても面白くないだろう」

などと言っている。美智子はケラケラと笑って、

「いいですよ、そうあの人に言っておきます」

「ダメダメ。あいつはジョークがわかるような奴じゃないからな」

息子はほんとうに面白くない奴だと敏三は思う。やんちゃで親に怒られる、というような子供ではなかった。小学校、中学校、高校と、成績はいつもトップ。浪人もせずに一発で東大に入り、法科を二番で卒業。国家公務員I種試験も一発で通り、警察官僚になった。およそ挫折《ざせつ》というものを知らない。

ちなみに敏三は体育だけが取り柄《とりえ》の三流大学卒。それだけで何となくコンプレックスを感じないでもない。通常なら鳶《とんび》が鷹《たか》をと、自慢したいところだが、そうはならなかったのはこの息子が母親っ子だったからだ。

「こらっ!」と拳骨《げんこつ》で頭をぽかりとやりたくなる可愛い子ではなく、キャッチボールを父親にせがむような子でもなかった。それでは父親に似ずスポーツはダメかと思えばそうではなく、中学、高校と野球部のエース。肩を壊して野球は止めたが、大学では柔道部に入り、そこでは副将。姿形は妻の亜矢子に似てすらりとした優男《やさおとこ》なのに段位は三段。東大の柔道は旧制高校からの七帝柔道で一般の講道館柔道とはまったく別物。ひたすら寝技だけやっているというおかしな奴で、六段位の敏三でも寝技なんかに引き込まれたらやられる。それでいて容姿は映画スターの高倉健《たかくらけん》を細くしてうんと甘くすれば幸一郎になるという塩梅《あんばい》。だから絶品の嫁さんが来ても常識的に当然、ということになる。世の中、不公平なもので、その不公平を代表した男が息子の幸一郎なのだ。

それにしても良い嫁を貰いやがって。死んだかみさんも文句なしの女性だったが、この嫁もかみさんに匹敵《ひってき》する出来の良い女性。その可愛い嫁に尻を突き出しているところを見られた敏三は、絶望的な呻き声を上げた。

「むむっ……」

「お義父《とう》さま！　どうなさったの、お義父さま！」

どうなさったと言われても……何と応えたらいいか。敏三は何とか首を回し、やっと言った。

「腰痛だ、腰痛……」

玄関のたたきから駆け上がって来た嫁に抱えられ、敏三は情けない顔になった。

「すぐお医者様に！」

考えてみれば今日は月曜日だ。忘れていたが、月曜は週に一度、この嫁が一人暮らしの敏三の様子を見にやって来ることになっている日だ。一週間敷きっぱなしの布団を干し、家中掃除して行く。洗濯もしてくれるし、食品の買い出しから夕食の用意までしてくれるのである。その嫁に、こんな無様な姿を……。

小便の世話までさせてはなるまいと、敏三は懸命《けんめい》に立ち上がった。痛みがどんなに激しくとも、尻を突き出して床を這っている姿をこの嫁にだけはさらしたくない。敏三にも見《み》栄《え》がある。

「すぐ救急車を……!」

「駄目だ、駄目だよ、美智子さん、そんな大袈裟《おおげさ》な……」

「それならお医者様に!」

「医者よりも、なんだ、その、小便を……」

何とか嫁の肩にすがり便所に入ると脂汗を額にたらし、便器に座り込んだ。その間に携帯で調べたのか、医者に電話する声が聞こえる。美智子が便所を覗《のぞ》き込むようにして声をかけてくる。

「大丈夫ですか!」

「大丈夫だ」

「これからすぐ私の車でお医者さんに行きますから。保険証は箪笥《たんす》の引き出しですね」

美智子は築地《つきじ》の近くのマンションから車を自分で運転して敏三の所にやって来ている。ここまで小一時間はかかる。敏三も以前は旅行好きの亜矢子のために車を持っていたが今は無い。その代わり駐車するガレージだけは残っている。そのガレージに今は美智子の日産《にっさん》の小型車が停まっている。名前は知らないが蓄電池で走るという。なんか遊園地の自動車のようだな、と思う。一瞬だが、幼児の幸一郎の姿が頭に浮かんだ。あの可愛かった子が、いつから憎たらしい男になったのか。

「いや、いいよ、寝ていれば治るさ」

　と言っても嫁は許してくれず、パジャマだけの敏三にジャンパーを羽織《はお》らせ、自ら担《かつ》ぐようにしてガレージに停めたばかりの車の助手席に連れ込んだ。エンジンを掛け、医者へのルートを確かめながら嫁が言う。

「我慢《がまん》してくださいね、そっと運転しますからね」

「どこへ連れて行くんだ?」

「ネットで調べました。諸橋《もろはし》整形外科というのが良いそうです」

「いや、骨折や捻挫《ねんざ》は骨接《ほねつ》ぎの、渡部《わたなべ》整骨院だ、あそこがいい」

　渡部整骨院は七つ星高校の頃から柔道部員がお世話になった骨接ぎだった。だが……敏三はもう渡部整骨院が無くなってしまったことに気がついた。院長はすでに鬼籍に入ってしまったことを思い出したのだ。うーむ、周りの者はみんな死んでしまう。

「……すまん、渡部の親父はもう亡くなってしまったんだった……まあ、仕方がないな、その諸橋という骨接ぎでも」

「骨接ぎではないんです、整形外科病院」

「整形外科って、あんた、そいつは瞼《まぶた》や鼻なんかを治すところだろう?」

　嫁が笑って言った。

「お義父さまがおっしゃっているのは美容整形のことでしょう?　ちがいますよ、整形外科というのは一般の人が考えている外科のことです」

「へえ、じゃあ外科は」

「外科というのは見えないところ、胃や心臓なんかを手術するお医者様だそうです」

「へえ」

「ネットではとても評判が良いようですから、諸橋整形外科に行きます」

と嫁は自信ありげに言い、

「……やっぱり駄目だわ……あの人にまた言わなくては」

と付け足《た》すように呟く。

激痛に歯を食いしばりながら敏三は訊《き》き返した。

「なにが……ダメなんだ？」

「お義父様を一人にしておいたらダメということですよ」

「おいおい」

敏三はゾッとなってハンドルを握る美智子の横顔を盗み見た。妻の亜矢子が死ぬと幸一郎に、

「お義父さまを一人にしておいていいんですか！」

と詰め寄ったのはこの嫁である。一人身になる義父を案じてのことだが、敏三にとってこれほど恐ろしい提案はない。あの息子と暮らすことなど金輪際《こんりんざい》あり得ない。冗談《じょうだん》もほ

どほどに、だ。この世に嫌いな奴らが三種いる。評論家になったお笑い芸人、政治家になった弁護士、そして官僚になった息子だ。幸一郎はその筆頭である。

「あんたの言うことは何でもきくが、そいつだけは勘弁してくれ。わしが奴を嫌いなことは、あんたも良く知っているだろうが」

「ええ、それは知っていますけど……でも、やっぱりお義父さまを一人にしてはおけませんよ」

「どうしても一人にしておいてくれんと言うなら、わしにも考えがある」

「ええっ？　どんな考えですか？」

「女を囲《かこ》う」

嫁が噴き出し、

「なるほどね、それは良い考えだと思いますけど……お目当ての方はいらっしゃるんですか？」

「いるいる。五、六人はおるのう」

バカ話をしている間に諸橋整形外科に到着した。整形外科病院は市庁舎があるターミナル駅の近くにあった。この街は七つ星の街と比べると大都会だ。そのせいか、この諸橋整形外科も個人の医院なのにけっこうでかい。駐車のスペースが五、六台ぶんはある。

敏三は情けない思いで華奢《きゃしゃ》な嫁の肩にすがって諸橋整形外科に入った。待合室もけっこう広く、患者が七、八人ほど椅子《いす》に座っている。正確には八人で七人は敏三のような年寄りばかり。若いのは一人だけ。足にギブスをつけた、松葉杖姿のしまりのない若者だ。敏三を椅子に座らせて美智子が受付で手続きをしてくれる。敏三は正直、がっかりした。どうして待合室の患者に美人が混じっていないのか。

七人の年寄りのうち、女性は五人。当然みんなおばあさん。おばあさんでも昔は美人という人もいるはずだが、この待合室にそんなおばあさんは一人もいない。敏三は嫁に応対している受付の女性に視線を移した。なんと受付にはずらりと白衣を着た女性が三人も並んでいる。個人病院のくせに三人も受付嬢をおくとは生意気な、と敏三はさっそく受付女性たちの鑑定評価を開始した。

いつもの癖《くせ》である。女性が知ったら、セクハラだと責《せ》め立てられること確実の悪癖と言っていい。ここで断っておかなければならないが、基本的に敏三は好色なのである。平《ひら》たく言えば助平親爺《すけべおやじ》だ。だから女性とみればすぐこの鑑定評価を開始する。鑑定評価は蕎麦《そば》屋《や》の品書きで表す。たとえばかけ蕎麦、とか、きつね饂飩《うどん》、とかそんなランク付けだ。これはバス停だろうが電車の中だろうが、どこでもやる。ただし……名誉のために付け足すと、他人にこの鑑定評価を教えることはしない。そいつはただの悪口になるからだ。好きなテレビ番組の『なんでも鑑定団』。あれの鑑定士になった気分になりたいだけである。たとえば、厚化粧の女性を発見したらこう心の中で呟く。

「残念ですが偽物《にせもの》ですな。まあ、売り買いのことは考えずに飾《かざ》られて楽しまれたらよろしいでしょう。大事になさってください」

さらに言えば、敏三は助平ではあっても浮気をしたことは一度もない。もちろん妻の亜矢子に先立たれた後も、風俗などに行ったことはない。体育教師ではあっても教師としての矜持《きょうじ》があるからだ。教師たるもの、そんな堕落《だらく》が許されるか、と思う。その代わり、いい女をじろじろ眺めるくらいは許されても良かろうと、敏三は考えている。

だから女性とみればすぐ鑑定評価を開始する。三人の受付嬢は……なんと三人のうちの二人はけっこうな年寄り。残る一人は若そうだがマスクに眼鏡《めがね》ではっきりした容貌はわからない。だが……マスクをしていてもたぬき蕎麦以上だとはとても思えない。患者たちがもりやかけ蕎麦なのは間違いないが、受付嬢までがそのランクとは……！

痛みと戦いながら敏三は隣の年寄りの手元に目を向けた。膝《ひざ》の上に、盗られてなるか、というようにハンドバッグを抱えている。ハンドバッグは安物でひびが入っているほど古いものだ。筋だらけの荒れた手がハンドバッグからがま口を取り出して小銭を数えている。敏三はそのしおれた指先を見て一瞬腰の痛みを忘れた。

このおばあさんは節約家なのだ。荒れた皺くちゃの手は長い人生、懸命に働いてきた手なのだ。がま口のなかに大金が入っていたことはきっと一度もなかったのに違いない。ご亭主のわずかな稼《かせ》ぎの中から家計をやりくりして頑張ってきたのだろう。贅沢《ぜいたく》なものは一《いっ》切《さい》買わず、子供のためせっせと蓄《たくわ》えて……。

そういえば亡妻も贅沢なものは何一つ買うことのない女性だった。時たまクラシックのCDを買ったくらいか。お隣のおばあさんのしおれた手を眺め、敏三は鼻の奥がツーンとしてきた。鑑定評価はかけ蕎麦だったが、高級店のかけ蕎麦に位を上げてやった。

ふと顔を上げるとその手の主ががま口を握りしめ、敏三をすごい形相《ぎょうそう》で睨《にら》みつけている。敏三は慌てて微笑《ほほえ》んで見せ、受付の嫁の背に視線を移した。ため息をつくと突然希望の星が登場した。可愛い若い看護師が、

「三船さんですか。診察の前にレントゲンを撮りますので」

と敏三の前に立ったのだ。うむ、これなら月見蕎麦くらいの地位を与えよう。

「レントゲンね」

敏三はその可愛い看護師と受付から戻った美智子に支えられ、何とか歩いてレントゲン室に入った。撮ったレントゲンは三枚。再び女性二人の肩を借りて待合室に戻る。

待つこと三十分。やっと診察の時がきた。

美智子の肩にすがって診察室に入った。おきまりのセッティングだ。医師が机に座り、机の上のパソコンと脇にあるすりガラスの三枚のレントゲン写真を眺めている。

これが諸橋という医者か。ずんぐりと太り、贅肉が大きな体を覆《おお》っている。およそ運動などしたことのない体だ。その医者が患者の敏三を一瞥《いちべつ》もせずに言った。

「座って」

敏三は美智子に抱えられるようにして何とか医師の前の椅子に腰を下ろした。看護師が入って来た。あれ、と思った。先刻の月見蕎麦ではない。筋張った四十代の女性で、何となく酷薄《こくはく》そうな顔をしている。こいつはきつね蕎麦か……。そう言えば、狐《きつね》に似ている。

「なんだ、こりゃあ……」

レントゲン写真を見ていた医師が言った。

看護師もレントゲン写真を覗き込む。

「あんた、石屋か？」

敏三は意味がわからず、

「はあ？」

と訊き返した。

「若いころの仕事だよ、仕事。石屋かと訊いたの。ほら、墓石とか庭石とか運ぶ石屋」

医者はまだ敏三の顔を見ずにぞんざいに言った。

「いや。石屋ではないですよ。体育教師をしてましたがね」

医者は敏三の言葉など聴いていない。

「ここ、ここの軟骨が、あんた、もうないの。潰《つぶ》れてるの、駄目だ、こりゃあ」

こやつ、何を偉そうに、と敏三は不快になった。

いつも思うが、医師を訪れる患者は間違いなく弱者だ。その弱者に偉そうにするのは悪い奴に決まっている。それに人と話すときは相手をちゃんと見るべきである。患者は言ってみればお客さんではないか。べつに無料で診《み》てもらっているわけではないのだ。

一瞬にして敏三のこの諸橋という医師への評価が下がった。通常、男性には鑑定評価はしないが、今回は特別。こやつは茹《ゆ》ですぎてのびきった安い蕎麦屋のもりの大。きつね蕎麦の酷薄看護師が同調して呟く。

「本当、ひどいですねぇ」

「しようがねえなぁ。そこのベッドに上向きに寝て」

ふやけたもり蕎麦の大がやっと敏三に向きなおった。敏三の後ろに立つ美智子を見てもり蕎麦の大の目がかっと見開いた。よもやこんな美女が患者と一緒にいたとは知らなかった……！と、いった顔だ。敏三は心底この医師が嫌いになった。

「あなた……この人の娘さん……？」

医師がそんな質問をする必要があるのか。敏三はぶよぶよの医師の喉《のど》を見つめた。こんな男は指二本で殺せる。三十秒、いや十五秒あればいい。

「はい、嫁です」

と美智子がおだやかに答えている。

「だよね。実の娘さんのはずがないよね」

もり蕎麦の大はそう言って一人で笑う。いや、一人ではなく酷薄看護師のきつね蕎麦まで笑っている。こやつも殺すか。

「さあ、ここに寝て下さい」

パジャマにジャンパーを羽織っただけの敏三は悔《くや》しいことにそのきつね蕎麦の力を借りてベッドに横たわった。

「ほれ、片足をあげて」

もり蕎麦の大が椅子を滑《すべ》らせて側にやって来ると、乱暴に敏三の脚に触れて来た。

「こっち側に横向いて……」

乱暴に敏三の体を動かす。敏三は激痛に呻いた。

「あ……」

あ、と言ったのは敏三ではなく医師のもり蕎麦の大である。

「なんだ、こりゃあ……」

パジャマをめくり、敏三の体をしげしげと眺めた諸橋医師の顔が驚愕に変わった。

「おい、きみ、見ろよ、これ」

酷薄看護師も敏三の腹を見て目を丸くしている。

「あれ、ほんと、これ、凄いわ」

もり蕎麦の大が奥の部屋に向かって叫ぶ。

「花子《はなこ》ちゃん、こっちに来て！」

先刻の可愛い若い看護師もやって来てパジャマの前を開けられた敏三を見下ろす。

「わあ、凄い、ターザンみたい！」

敏三の腹は硬い筋肉で六つに割れている。腰痛がなければ今朝も腕立て伏せを五百回はやっていたはずの体だ。

「ターザンか……たしかにな。七十代の年寄りとは思えない体をしているのだ。でも、こんな小さいターザンはいないぞ。まあ、強《し》いて言えばチーザンだな、チーザン」

可愛い看護師が要らぬことを訊く。

「チーザンって、なんですか……？」

「ほら、ターザンが連れているチンパンジー。チンパンジーとターザンのあいの子。ハハハ、チーザン、チーザン！」

これに一同が笑い声を上げる。何と嫁の美智子まで噴き出している。敏三は怒り心頭に発した。無礼者、こやつ捻り殺してくれる！　もちろん体は動かないから敏三は頭の中でこの医師を三回殺した。喉ぼとけを握りつぶし、首の骨をへし折り、そして言ってやった。

「するってぇと、あんたはカバだな、溺死《できし》したカバだ」

目を剝《む》く医師の顔に、敏三はそう言って立ち上がった。腰痛は嘘のように消えていた。

三

三日床の布団を出ると敏三は縁側で日課の五百回の腕立て伏せを済ませた。例の腰痛事件が起こらなければ庭の桜の木の幹に帯を掛け、左右の打ち込みを百回。幹に巻きつけた帯を両の腕で引き、腰を幹に左右に叩きつける稽古《けいこ》もするのだが、腰痛の恐怖からこれは省略している。それからゆっくりと朝風呂に入って汗を流し、日に二回の食事を摂《と》る。昼は食わないから朝食の時刻は十時過ぎになる。

亡妻が元気だった頃は一般の家庭のように三食摂ったが、面倒くさいので日に二食にしたのだ。もっとも飯を食うのは朝だけで夜に主食はなく、その分は液体になる。要するに飯が酒に替わる。物臭《ものぐさ》の敏三にしてはこの食事だけはまめで、朝はけっこういろんなものを作って食《た》う。ご飯も二日に一度はちゃんと炊き、おかずも四、五種類食卓に並ぶ。ほとんどが週に一度来てくれる嫁の美智子が買ってきてくれた食材だが、実はこっそり自分で買うものもかなりある。

塩鮭、鱈子《たらこ》、烏賊《いか》の塩辛、豚のバラ肉、ベーコンなどというものも自分で隠れて買う。糖尿病の悪化で腎臓に負担がかかるものやコレステロールがたまるものはダメと、どれも医者に禁じられている食品だから、嫁は含有《がんゆう》塩分を計算して味の濃い食品は買ってくれないのだ。もちろんあさりの佃煮《つくだに》などというものも買う。ただ多めに買って冷蔵庫に入れておくと嫁にばれて捨てられてしまう。だからそれらを買ったら四、五日で食べてしまわなくてはならない。

今日も敏三はまめに飯を炊き、ダイニングキッチンのテーブルにはかなりの食材が並んだ。真っ白に塩のふいた極辛の鮭、ベーコンエッグ、烏賊の塩辛、白菜の漬物、塩分たっぷりのわかめの味噌汁。医者が見たら激怒必至の献立《こんだて》だ。もちろん亡妻だって許してはくれない。だから食事の前にはちゃんと手を合わせる。お百姓《ひやくしよう》さんに感謝するのではなく、天国から食卓を眺めているに違いない亡妻に、

「すまん、すまん、今日だけだよ」

と詫《わ》びるのだ。で、箸《はし》をとって味噌汁を一口飲んでやおら塩鮭を、というところで玄関から声が掛かった。

「おはよう!」

入って来たのは孫娘だった。

「……なんだ、タヌ子か……どうした?」

孫娘の名はタヌ子ではない。珠子《たまこ》が戸籍《こせき》上の名である。何となく狸《たぬき》に似ていると、赤ん坊のころから敏三はこの孫をタヌ子と呼んでいる。

「どうしたって、様子見に来たんじゃない。お袋が心配して見てこいっていうからさ。で

も、けっこう元気そうじゃん」

「学校はどうした」

「今日は午後から。昼まで授業はないの。なんだ、朝ご飯？」

「ああ」

「うまそうだね！」

と珠子は敏三の前に腰を下ろすとテーブルの上の皿を見回した。

「なんだ、おまえ、朝飯食っておらんのか？」

「食ったよ。だけどうちはパンだからさぁ」

「食いたいのか？」

「余分、あるの？」

「ある」

「じゃあ一緒に食おう！」

と言っても自分では作らない。敏三が仕方なく立ち上がって冷蔵庫を開けるのを覗き込むだけだ。

「あのさぁ、どうせならいつものあれ作ってよ」

「あれって、なんだ？」

「わかってるじゃん。オムレツ」

仕方なく玉子を丼に入れ割り溶くのを眺め、また珠子が注文をつける。

「玉ねぎとベーコン細かくして入れて。玉子は四つ」

二個溶いた玉子をさらに二個増やし、敏三は玉ねぎを出して細かく刻《きざ》んだ。フライパンに油をひき、玉ねぎとベーコンのこま切れを炒《いた》める。溶いた玉子を流し込み、形を作るとフライパンを傾け、手首をたたきながら器用に焼けた卵を返していく。

「上手《うま》いもんだねぇ！　じいじはシェフ顔負けだよね。親父はじいじに似なかったんだなあ、目玉焼きもつくれないよ、あの人」

そうおだてられると悪い気はしない。

たしかに珠子が言うように、息子の幸一郎に敏三と似たところはどこにもない。もっとも珠子も父親に似たところがない。あの美人の母親にも似ていない。身長は百五十センチちょっと、顔は丸顔で、似ていると言えば気の毒なことに祖父の敏三に似ている。

その代わり美人ではないが愛嬌《あいきよう》のある顔をしている。現在大学に入ったばかりだが、パッと見たら中学生くらいにしか見えない。もっともチビで子供みたいだとなめてかかったら男でも酷い目に遭う。なにせ空手は二段で型の部で去年は全国で二位になった腕前なのだ。柔道も段位は持っていないが、敏三が手ほどきしたから初段くらいの実力はある。

「……わかったよ……」

「いただきまーす！」

炊き立ての飯を茶碗《ちゃわん》に山盛りによそい、珠子は威勢よく食べ始めた。

「それ貰う。じいじはダメだよ、そんなもん食っちゃあ」

と敏三が箸を塩鮭に伸ばしたところでその皿を取り上げる。

「おいおい」

「塩分過多、カロリー過多」

「そんな、おまえ……」

「じいじには長生きしてもらいたいからね」

と塩鮭は珠子の口の中に消えていく。

「おまえ、よく食うなぁ」

呆れて敏三は珠子を眺める。あっという間に一膳めを平らげ、電気釜から新しく飯をよそう珠子にうらめしげに尋ねた。

「雄一郎《ゆういちろう》はどうしてる?」

「兄貴?」

「落ち込んでるのか?」

珠子とは二つ違いの雄一郎は今年も受験に失敗している。これで三浪だ。

「ぜーんぜん。でも、良子《りょうこ》さんが落ち込んでる」

良子さんというのは雄一郎のガールフレンドだ。こちらはストレートで東大に入り、すでに三年になる。

「だってそうでしょ、浪人ばっかしてたらさ、結婚それだけ遅くなるじゃん」

「結婚する気でいるのか？」

「うん。良子さんのほうはまだ気は変わってないみたい。まったく、兄貴のどこが良いんだか」

兄貴のほうは頭は良いのだが、ギターばかり弾《ひ》いていて、肝心《かんじん》の受験勉強には熱が入らないらしい。もっとも音楽の才能は亡妻の血をひいたのかかなりのもので、自分で友達を集めてバンドを作り、ピアノをはじめいろんな楽器をなんでもこなす。

「おまえのほうはどうなんだよ？」

「どうなんだって、何よ？」

箸を休めずに珠子が訊き返す。

「ボーイフレンドだよ。いないのか、ボーイフレンド」

「いないよ」

「どうして出来んのかな、結構可愛い顔してるのになぁ」

「じいじねぇ、もてないんじゃないの、こっちが嫌なだけ」

「へぇ」

「信用してないんだね」

「なんで嫌なんだ？　その歳ならボーイフレンドの一人や二人いたっていいだろう」

「良いのがいないの。じいじみたいな男らしい奴がいたらいいけどさ。今時男らしい男はなかなかいないからね」

「じいじみたいな男か……」

そう持ち上げられると悪い気はしない。

「この前さ、旧《ふる》い映画観てさ、『姿三四郎《すがたさんしろう》』ってやつ先輩たちと観たんだけど、あれ、格好良《かっこう》いよね。そいつに出ていた俳優さ、どっかじいじに似ててさ」

「それは藤田進《ふじたすすむ》だ」

『姿三四郎』は数回映画化されているはずだが、もちろん敏三が知っている『姿三四郎』はかの黒澤明《くろさわあきら》の第一回監督作品、藤田進主演の奴だけだ。藤田進は、今で言えばおかしなイントネーションで台詞《せりふ》を喋る芋《いも》のような男性だが、昔はああいう男子が男らしくて良かった。それが嘘で無い証拠に、この芋臭い俳優は、戦後ちゃんと『誰か夢なき』というメロドラマ作品の主役もつとめているのだ。要するに、敏三が子供の頃は、ヨン様のようなタイプではなく、男らしい芋タイプが女性の憧れだったとも言える。

「だからさ、ああいう男ならボーイフレンドにしてやってもいいけどさ、そうじゃなかったらダメだね」

と、珠子が続ける。

「そうか、ダメか」

「ダメ、ダメ。男はやっぱり男臭くないとね。酒飲むって、ワインかなんか飲むやつはダメ。化粧水つけるような奴もダメ。日焼け止め塗るようなやつもダメ」

「なるほど」

飯をたらふく食い終わった珠子の声音がちょっと変わる。

「なんだよ、気色の悪い声をだしよって」

「ところでさ、じいじー、ちょっとさ、話もあるんだ……」

珠子は敏三をいつも『じいじ』と呼ぶ。だが、『じいじ』の最後の『じ』が『じー』となったときはろくなことがない。

「ちょっとさ、ナニしてくれないかと思って」

「ナニとは、なんだ？　またわしの年金を狙《ねら》っているのか？」

「人聞きわるいねー。でも、まあ、当たっているかな」

「ないない、金はないぞ」

「嘘は泥棒の始まりだよ。じいじは金持ちじゃん。二万。無理なら一万でいいからひと月回してほしいんだけど」

回して欲しい、というのは一般的には貸してほしい、という意味だが、この孫はそう言って返してきたことはないから、くれ、と言っているのに等しい。

「いったいなんでそんなに金が要るんだ？　親父が出さんのか？」

「ちょっと事故があってさ」

「事故？」

「そう。友達がさ、ちょっとあれで、骨折しちゃってさ。で、お見舞いとかしようと思って」

敏三は一層疑《うたぐ》り深い顔になった。

「事故って、なんだ？」

「だから、骨折って言ったじゃない」

「なんで骨折した？」

「だから事故だって」

「どんな事故だ？」

「いやだな、じいじ、それじゃあデカみたいじゃん」

「仕方ないだろう、デカの父親なんだからな」

「実はね、フリーでさ……ちょっとね……」

敏三はすべてが読めた。誰だか知らないが、骨折させたのはこの孫に違いないのだ。

「塾でか？」

ちなみに塾とは珠子が通っている空手の道場のことで、その道場は『松岡《まつおか》塾』という名なのだ。そしてフリーとは自由組手のことである。

「おまえが当てちまったのか？」

『松岡塾』は松濤館《しょうとうかん》流の空手道場で、松濤館空手は基本的に寸止めである。自由組手は実践《じっせん》を想定して行われる稽古で、蹴りも突きも相手に当たる寸前で止める。だが、間違えば寸止めにならず、当たってしまうこともままある。

「あれ、相変わらずいい勘してるねー。でも、こっちが当てたわけじゃなくて、向こうがバカみたいに突っ込んで自分で当たって来たの。だからこっちに責任なんてないんだけど……ちょっと可哀想でさぁ。で、見舞いとかしてやりたいなぁって思って。優しいんだよね、わたしって」

「バカ、何が優しいもんか、わざと当ててやったんだろうが。で、どこを骨折したんだ？」

「肋《あばら》」

「肋骨《ろっこつ》を折ったんか……！　相手は女子か？」

「ううん、空手部の主将。男だよ、四年の」

「主将？　空手部って……」

「うちの道場じゃないの、大学の空手部。わたしの噂聴いたらしくって勧誘に来てさ、それで道場に連れて行かれてさ、試しにって、フリーやらされたわけ」

「それで……おまえがそいつに怪我《けが》させたのか？」

「二段だっていうのに、ヘボでね。同じ二段でもうちとはレベルが違うからね。二段っていってもわたしはほかのところだったら実力は三段か四段なんだよね」

と、自慢する。敏三はウームと唸り、食い終わった食器をシンクに運ぶ孫娘を眺めた。

珠子がいる『松岡塾』は同じ松濤館流空手でも防具をつけて実際に打ち合ったりするらしい。しかも珠子は普通の女子がしない巻き藁《わら》も突いている。小さい手には拳ダコがしっかり出来ていて、型だけ達者《たっしゃ》な女子空手とはまるで違う。だから実際に当てられれば骨折することがあるかも知れない。

「それで……見舞金を出すのか……」

「まあ、見舞金ってわけでもないけどさ、何か食い物でも持って行ってやろうかな、って。で、ちょっと予定外のお金が要るわけ。お袋には言えないからさ、空手なんかやめろって言われてるわけだし」

嫁の美智子が珠子を心配していることは良く知っている。

「だから頼れるのは、じいじだけなの、わかるでしょ？」

「わかる……」

と思わず敏三は応えてしまった。

「恩にきるよ、やっぱりじいじは藤田進だね。男の中の男だよ」

調子の良い奴め、と思いながら敏三は財布を取りに立ち上がった。

「一万だけだぞ」

と、財布を覗き込む珠子を押しのけて、敏三はしぶしぶ一万円札を孫の手に握らせた。

「サンキュー、サンキュー、恩にきるよ」

「調子の良いやつめ」

敏三が洗い終えた食器を片付け始めると、

「そうそう、お袋がさぁ、親父と相談してたよ」

「何の？」

「じいじのこと心配してさぁ、お袋が。で、やっぱり一緒に暮らさなくちゃあダメだって」

「馬鹿を言え、馬鹿を」

「本気だったよ、お袋」

「まさか親父のほうも同調したんじゃないだろうな」

珠子は複雑そうな顔をした。

「うーん、結構真面目な顔でお袋の話聴いてたね」

「駄目だな、そいつは」

「そりゃあじいじが嫌なことはわかってるけどさ、でも、やっぱり一人にさせとくのは心配だと思うよ、ほんと」

「なんだ、おまえ、あいつらに同調するつもりか。だったら、さっきやった金返せ」

珠子はさっさと玄関に逃げ出した。

「情報を流しただけだよ、こいつは孫の好意だよ」

「何を言うか。わしにはな、ちゃんとこの身を心配してくれるのがおるんだ、何人もな」

靴を履《は》いて逃げ支度《じたく》だった珠子が振り返って目を見開く。

「ええっ？　それって、じいじに彼女が居るってこと？」

「居たらどうする？」

しばし敏三を見つめていた珠子がニヤリと笑った。

「もう一万くれたら信じてあげる」

「もう帰れ！」

へへへ、と笑って立ち去る孫を見送り、敏三はうーむと唸った。たしかに女など出来るわけもなかった。この世でたった一人出来た彼女はもういない。そして、たった一人で十分、と敏三は思った。亡妻以上の女性がこの世にいるはずがないからだった。

四

敏三は傘を畳むと、わずかに濡《ぬ》れた暖簾《のれん》を分けて引き戸を開けた。店はなじみの居酒屋『大松《だいまつ》』である。もっとも暖簾のわきの看板には小料理とあるから居酒屋などと口にすると店主から文句が出るかも知れない。だが、品書きには鮮魚の料理のほかに串カツとかレバニラ炒めなどがあるのだから、やはり小料理というよりは居酒屋の雰囲気だ。

店はそれほど大きくはない。カウンター席にテーブル席が三つ、それでも奥に四畳半ほどの座敷がついている。予報では降るはずのない雨なこともあって店は三分の入り。いつもと違って今夜はすいている。

「いらっしゃい！　あら、先生、今日は早いですねぇ」

と声を掛けてきたのはカウンターの中に立つこの店の女将《おかみ》さんの唄子《うたこ》さんだ。その名の通り、実際に聴いたことはないが客の話ではやたら歌が上手《うま》いという。その昔、歌手志望だったと客の一人から聞いたこともある。

敏三はここでは顔だ。年中通っていることもあるが、一度、酔って暴れるやくざ風の客二人を外に放り出してやったことがあり、以降、特別のご贔屓《ひいき》となっている。

敏三は、

「はい、今晩は」

と応じて傘を傘置きにいれると、さいわい空《あ》いているカウンターの真ん中の席に腰を下ろした。言ってみればこのカウンターの中央が敏三の特等席なのである。

「まずはビールからだな」

「今日は生ですか、それとも瓶？」

「瓶にするよ」

銘柄は言わなくても女将さんが心得ている。敏三は持病の痛風のため医師から、

「ビールと内臓の料理は控えるように」

と厳命されているが、まず守ったことがない。

「それと……レバニラ炒め」

「はいはい」

と女将さんの唄子さんはビール瓶を冷蔵庫から取り出すと、隣に立つ小男の男性に、

「レバニラね、塩少なくして」

と指示を出す。唄子さんは敏三の持病を知っていて、塩分摂取に気を遣ってくれている。塩の投入量を指示された男性は健夫《たけお》さんといい、唄子さんのご亭主である。そのご亭主は女将さんと違って敏三にはあまり愛想がよくない。敏三はそんな亭主を見て、勘の鋭《するど》い男だなぁ、と内心感心する。ひょっとするとわしが鑑定士だと気づいておるのか

……。

敏三がこのカウンター席の中央に座ることを好むのには訳がある。この席からだとこの夫婦の動きがどの席よりも良く見えるからなのだ。

敏三はこの席に座るとまずは女将さんの唄子さんの健康状態などを観察する。この観察は冬だとより一層楽しい。小男で蚊トンボのようなご亭主と違って唄子さんはでっぷりと肥《こ》えていて大柄だ。色白で、美人ではないが、顔は丸く可愛らしい。いつも着物姿だが、二の腕が割烹着《かっぽうぎ》から垣間《かいま》見えると、それはけっこう色っぽく、敏三は、

「うむ、なかなかだな」

と感心する。冬なら、

「こういう女人と一緒に寝れば行火《あんか》はいらんなぁ」

などとけしからんことを考えたりする。そんな敏三の妄想《もうそう》に気づいているのかご亭主は近頃は愛想がない。暴漢を退治してやった時は感謝感激していたが……。ちなみに唄子さんの敏三の鑑定評価はおかめ饂飩である。冬だとなべ焼き饂飩に昇格することもある。

敏三は出て来たレバニラ炒めを肴《さかな》にビールのグラスを一気に空けた。

「プハァ、旨い！」

脳裏《のうり》に微《かす》かに痛風の激痛状態が浮かんだが、これも冷たいビールと一緒に飲み干《ほ》した。レバニラ炒めを一口頬ばり、敏三は女将さんからご亭主に視線を移した。

　ご亭主のほうは作りたくもないレバニラ炒めを作らされた後は一人前の板前らしくかんぱちだか何だかそんなような魚をさばき、ちゃんとした客の注文の刺身を作り始めている。別の理由だが敏三はこのご亭主を眺めるのも、実は女将さんを眺めるのと同じくらい好きである。こちらのほうは同衾《どうきん》したくなるわけではなく、ちょっとしたスリラーを観るような楽しさがあるのだ。

　ご亭主の健夫さんは相当のアル中である。肝臓だか腎臓だかを深酒でやられ、病院に入退院を繰り返しているという。その証拠に健夫さんの手は恐ろしいほどいつも震えている。

「そっちもビールでも飲んでよ」

　と気前の良い客が言い、

「そりゃあ、どうも」

　と女将さんに睨まれながらコップを持っても、手が震えていてビールをまともに注《つ》いでもらえないのだ。それでよく板前の仕事が出来るものだと誰もが感心するが、これが出来るのである。まず出刃とか刺身包丁とかを手に握る。隣にいたくないほどその手はワナワナと震えている。

「ああっ、危ねぇ！」

　とそれを見たら誰もが絶叫したくなる。だが……そのワナワナと震える包丁が魚に触れるか触れないかとなった途端、ピタリと止まるのである。まるで手品だ。敏三はこのスリルに満ち満ちた芸当はもう芸術だと思う。だから女将さんの鑑定が終わるとすぐに今度はご亭主のほうの観察に移る。

今夜も健夫さんの手はいつにもまして大きく震えている。側にいたら包丁で切られることは必至。それを知ってか、健夫さんの右隣には誰もいない。女将さんはちゃんと左側に立っている。

三枚におろしたかんぱちだかいなだだかを震えまくる手で刺身に切っていく。一枚、一枚、ワナワナ、ピタリ、がずっと続く。はらはらしながら敏三はこの曲芸のような作業を楽しむ。

こんなご亭主と女将さんを眺めながら敏三は時間をかけて今度は串カツとポテトサラダでビール二本、日本酒二合を腹に収めた。途中で敏三が薬のケースを取り出すと、女将の唄子さんが言った。

「ダメダメ、お酒で飲んではダメよ、今お水をあげますから!」

注意されなければ敏三は血圧やら血糖降下剤、コレステロールだの都合七種類ほどの薬をビールで飲んでしまう。

「お酒なんかと一緒に飲んだらダメですからね!」

と亡妻に言われ続けて来たくせに、今もこの敏三の悪癖は直らない。

「わかった、わかった」

　でもなあ、と思いながら敏三は渡された冷たい水で薬を飲む。水で飲んだって、それは食道を通る間だけで、胃の中に入ってしまったらビールやら日本酒やら串カツなんかとどうせ一緒になるだろうに、と敏三は思う。

　腹も膨《ふく》れた、酔いも回った、そろそろバスのあるうちに帰るとするか、と腰を浮かしたその時に、

「あのう……十段さまでいらっしゃいますか……？」

　と声を掛けられた。敏三は自分が十段と綽名されていることはむろん知っていたが、堂々と面と向かって、

「十段さま」

　と呼ばれたことは一度もない。だから、

「はぁ……？」

　としまりのない返答をしてしまった。横に立つのは女性であったが、敏三はまずその女性の巨大とも思える胸に圧倒された。豊満なんてものではないでかさだ。思わず手を伸ばして触ってみたくなる。やっとその胸から視線を外し、その女性の顔を見て二度仰天《ぎょうてん》した。その顔はカウンター席に座っている敏三の頭よりずっと上のほうにあり、まず目に入ったのはその唇だった。乳もでかいが、口も……でかい……！

でかい口はいつぞやどこかで漁網にかかったという巨大鮫《ざめ》、あの『メガマウス』を思い出させた。そこから覗く歯がまた凄かった。無理やり唇を押し広げて飛び出す形の前歯は出っ歯で、歯の先端は、これまた鮫のように尖《とが》っているではないか。こんな恐ろしい歯で嚙《か》みつかれたらえらいことだ！

「突然こんなご挨拶《あいさつ》で申し訳ないのですが……わたくし、駅前で美容院をやっております堀越美奈子と申します。実は、十段さまに折り入ってご相談申し上げたいことがございまして……ご迷惑でなければ、ほんの少々お時間をいただけませんでしょうか」

巨大な口からもれる言葉は口元と違い驚くほど品が良く、鄭重《ていちょう》である。声も綺麗だ。

「は、はぁ……いいですが……いったいどんな話ですかな？」

やっと気を取り直した敏三がそう答えると、

「ここではなんですから、あちらのお席で」

と堀越美奈子と名乗る巨女は今まで自分が座っていたらしい奥の座敷を目で示した。

座敷には若い女性が座ってこちらを心配そうな顔で見ている。

敏三はやっとこの女性がどんな客かを思い出した。半年ほど前だったか、酔ってバカ騒ぎをしているサラリーマン客を、

「コラ！　あなたたち、ここはあなたたちだけの店じゃあないんだよ、いいかげんバカ騒ぎは止めなさい！　うるさくてしようがない！」

と怒鳴《どな》りつけた豪の者がこのでか女だった。怒鳴りつけられたサラリーマンたちはこの巨女の迫力に圧倒され、早々と逃げ出したものだ。その凄みのある巨女が今は肩を小さくして立っている。

「わかりました、いいですよ」

と敏三はカウンターの中の女将を見ながら席を立った。女将の唄子さんはこの女性がなんで敏三に話しかけてきたのか知っているような顔で微笑んでいる。

敏三は、

「冷酒をもう一杯、向こうへね」

と女将に告げ、堀越美奈子の後ろから奥の小座敷に移動した。立って歩くと女のでかさがひしひしと伝わってきた。敏三の頭は横を歩く女の肩までしかない。小座敷にいた女性が座卓から離れ、立ち上がって敏三を迎えて頭を下げる。こちらの女性は小柄で、まだ二十代と思われる短髪のボーイッシュな娘だ。化粧は濃いがなかなかの美人である。敏三は靴を脱《ぬ》ぎ、「よっこらしょ」と小座敷に上がった。女将の唄子さんが冷酒と小娘が頼んだのか焼酎の新しいボトルを運んできてくれた。

「こちらは奈々《なな》ちゃんです」

と改めて若い女性を紹介する。

「松田《まつだ》奈々です！　よろしくお願いします！」

なかなか元気が良さそうな小娘だ。また頭を下げる娘を鑑定しようとして止めた。今は隣の巨女に圧倒されて得意の鑑定などする余裕はない。

「実は……十段さま……」

と堀越美奈子と名乗る巨女が切り出した。

敏三は手を挙げて、

「ち、ちょっとお待ちを。堀越さん、実はわたしはね、十段ではないんで」

「はぁ?」

「十段というのは綽名でしてね……わたしは本当は三船というんですよ」

「三船さま……?」

「ええ、それがわたしの苗字《みょうじ》で」

「……それは……わたくしとしたことが……大変な失礼を……皆さん、十段さま、十段さまとお呼びしているので、わたくし、てっきり……申し訳ない失礼をいたしました」

と、巨女はいっそう大きな身を小さくする。

「いやぁ、まあ、どちらでもいいんですが、一応、本名を、と……細かいことを言ってしまって……その、お気を悪くなさらんで」

などと敏三のほうがもじもじと弁解がましい口調になった。とにかく喋られると、その迫ってくるような前歯が気になって落ち着かなくなってしまうのだ。

「それで、いったい、相談てぇのは何でしょうかな?」

まさか借金の申し込みではないだろうな、という不安を押し殺して尋《たず》ねた。

「実は、わたくし、この一年ほどですが、ストーカーに悩まされておりまして……」

「ス、ストーカー?」

あまりに意外な言葉に敏三は絶句した。今、流行のストーカーだが、そいつは美人が悩まされるトラブルではないのか? まあ、もの好きな奴がいたとしても、こんな巨大な口と歯を持った女性を付け狙いたくなるものだろうか。あり得ない。だが堀越美奈子という女はしごく真面目な顔で続けた。

「はい、ストーカーです」

「そ、それは……また……なんと言うか……」

「わたくし、ストーカーなんかに遭うようなタイプではないのですが……」

「いやいや、べつに……」

そう当人から言われると慌てる。

「でも、どういうわけでございましょうか、こんなわたくしでも執着《しゅうちゃく》なさるおかしな人がおりますようで」

「それは、まあ、いると思いますよ、ほんとに」

いるわけないよね、と思いながらも敏三は弁解するように慌てて否定した。

「なるほど。で、それで私にいったい何を？　その、警察には届けたんですかな？」

「はい、届けました、何度も。ですが、効果がありませんの。相変わらず狙われておりまして。警察でも駄目なら、いったいどうしたらよいのか、と悩んでおりましたら、こちらの女将さんが十段さま、いえ、三船さまのことをお話し下さいまして」

敏三は黙って聞いている若い女性に目をやった。なんと、この女性も真剣な顔で敏三を見つめている。どうやら冗談ではないらしい。

「この唄子さんがですか……」

「三船さまは元警察のお偉い方で、酔って暴れているやくざを二人、あっという間に外へ放り出してしまわれたとか」

わしを警察官だったと思っておるのか……。

「まあ、そんなこともあった気がしますが。でもですね、わたしは、警察官ではありませんよ。昔は体育の教師で」

「ええっ、警察の方ではなかったのですか」

「それは息子のことですよ、警察にいるのは」

「それは、本当に、重ねて失礼をいたしました、わたくしとしたことが……」

さかんに恐縮する巨女に、敏三はやっと余裕を取り戻した。

ところで……ストーカーというのは何だろうか……。もちろんストーカーが狙った相手を付け回す新しい人種だということは知っている。ただ、熟知しているわけではない。テレビの朝番組やバラエティーなどは嫌いだし、週刊誌の類も読まない。目にするのは昨今部数が極端に減った新聞くらいのものである。

それにしても……ストーカーとは恋愛関係にあった男女のどちらかが別れたいと言いだし、相手が嫌だ、とごねたときに生まれる人種なのではないのか？　つまり、この巨女の元恋人……。あるいは元ご亭主……。気を取り直して尋ねた。

「で、わたしにいったい何を？」

「十段さまなら、いえ、三船さまならばきっとお力添え下さると……こちらの女将さんがそうアドバイスをして下さいまして」

「お力添えですか」

「はい、ボディガードをしていただけたらと」

「ボディガード……護衛ですな」

「はい。三船さまなら、暴漢の一人や二人、睨み付けるだけで追い払ってしまわれると」

そう言われると悪い気はしない。いやいや、と頭に手をやり、

「まさか、あなた、年寄りが睨み付けても逃げたりするやつはおりませんよ。爺いは引っ込んでろ、と怒鳴られるのが関の山ですわ。で、ストーカーはどこかであなたを待っているんですか？」

気がいたしまして」

「姿を見たことはないのです。でも、帰宅時が危ないと……いつも誰かに見張られている気がいたしまして」

「帰宅時ですか」

「はい。そんな次第ですので、是非にもボディガードをお願い出来ないかと」

「なるほど」

「週に三度ほどですが、お店を閉めるのが九時近くになってしまうことがございまして。これまではこの奈々ちゃんに頼んで自宅まで送ってもらっておりましたのですが……それがちょっと都合の悪い状況になったものですから」

奈々という娘が申し訳なさそうな顔になって言った。

「実は……あたし、彼氏が出来ちゃって……」

敏三はその愛らしいとも言えるショートカットの娘を眺めゲッとなった。顔は可愛い娘なのに声が突然男に変わったのだ。な、なんだ、こやつ、男か！

「か、彼氏が……」

「彼氏が早く帰れって、うるさくて……でもって、毎回ママの護衛出来なくなっちゃって」

と申し訳なさそうに奈々という男娘が頭をかく。

「毎晩ということではないのですが、遅くなる日にお店から家までご一緒していただければ、と」

と堀越美奈子が続けた。

「なるほど」

敏三は大きく肯《うなず》いた。

「で、お宅は、どちらのほうなのでしょうかね？」

半年前に引っ越しをして今はマンションに移ったのだと堀越美奈子は言い、そのマンションは駅前の店から徒歩で八分くらいだと聞かされた。

「タクシーで帰ってもいいんですが、マンションの出入りが不安で」

「入る時が、ですか」

という敏三の問いに、

「はい。マンションはオートロックで、そう簡単に外部の人は入れない仕組みになっているのですが……実は、最近ですが、部屋のドアの下に手紙が挟まれていたことがございまして……」

と堀越美奈子が出入り時の不安を説明した。そのストーカーはマンション内の部屋まで来たということか。

「なるほど。鍵のかかっている玄関を通過して、その、堀越さんのお宅の前までやって来ている、ということですな？」

「さようでございます。ですから、建物内も……怖くて……」

「そりゃあ、気持ちが悪いですなぁ。で、その変わったストーカー、いや、けしからんやつに心当たりはないんですか？　たとえば元彼とか、あるいは元ご亭主とか」

「ございません。わたくし、結婚したことはございませんし、どなたともお付き合いしていた、ということはないのです」

そうだろうな、と敏三は相手の口元から目をそらし、向かいに座る男娘に目をやった。

こちらもひどく真面目な顔で話を聴いている。

「警察でもいろいろ訊かれましたが、思い当たるような方は、本当におりませんのです」

要は、見も知らぬ輩《やから》が何を思ったかこの巨女に執着して付け回しているということだ。

「じゃあ、その怪しい男を見たことはないんですね？」

「はい。見たことはございませんの。でも、気配でどこかにいることはわかるのです。わたくし、気持ちが悪くて、怖くて、ノイローゼになってしまって」

「そりゃあ……そうでしょうなぁ……こう言っては何だが……ですが、あなたを襲うのは大変だ……いや、失礼な意味ではなくて、その、体力的な意味合いで……あなた、格闘技とか、若い頃、何かスポーツやったことはないんですか？」

「それが……ございませんのです。スポーツは苦手で」

「苦手……ですか」

「見かけばかりで、力もございませんし、走るのも遅くて……運動会ではいつも走ればビリでした」

「そ、そいつは、ちょっと信じられませんなぁ、そのお体で」

と敏三はもう一度隣にきちんと座る巨女の体を観察した。膝に置かれた手は大きいが、意外なことに指は女らしく細くて長い。手首から二の腕にかけて、太めではあるがなんとも綺麗な真珠色の肌が続いている。膝から胸まで視線を走らせ、また敏三の目は胸のところで釘付けになった。見れば見るほど立派なおっぱいである。ただでかいだけでなく、弾力もあるらしく、ちょっと動けばゆっさゆっさと揺れたりしている。なるほど、この胸に触ってみたいというストーカーがいるかも知れない……と敏三は慌てて視線をテーブルの上の冷酒に戻した。

「わかりました、いいですよ、やりましょう。要するにお店からご自宅のマンションまで送り届ければいいんですね？」

「いいえ、勝手を申しますが、お部屋まで……エレベーターも廊下も、ちょっと不安なものですから」

「ああ、なるほど」

「その代わり、これはお仕事ということで、きちんと料金をお支払いしたいと」

堀越美奈子は一回の送りに二千円を支払いたい、と申し出た。

「ああ、そいつは、要らんですよ。週に、二、三回送って行けばいいんでしょう？　どうせどこかで飲んでいるんですから、そのついでだと思えばいい」

と敏三は笑って応えた。

「そうはまいりません、大事なお時間をとらせてしまうのですから。どうかアルバイトとお考えいただければ。なにとぞ、よろしくお願いをいたします」

「いやぁ、本当に要らんのですよ。金持ちではないですが、暮らしに困っているわけでもないんで」

「でも……」

「それだと気が引ける、とおっしゃるなら、そうですなぁ、たまにここでビールの一本もおごってもらえれば」

「ええっ、ご一緒していただけるんですか！」

と巨大な唇がぱーっと開かれるのを目の当《ま》たりにして、敏三はとんでもないことを口にしたと蒼白になった。やっぱりこれは『メガマウス』だ。噛みつかれたら命をおとす。出来ることなら二人だけで酒など酌《く》み交わしたくはない。なんとか気を取り直して尋ねた。

「で、そのストーカーとやらには心当たりがないとおっしゃったが、脅迫でもしてくるんですかね？」

「ええ、最近は……最初はメールで好きだとか、結婚したいとか……嫌らしいことを書いてきたりしていたくらいなのですか……それが電話や差出人の名前がない手紙になって……今は、殺してやる、なんて恐ろしいことを」

新しく来た手紙はワープロで書かれたものだと堀越美奈子は説明した。

「殺してやる、ですか……そいつは物騒ですなぁ。奈々さんといったかな……あんたもそのストーカーの姿は見ていないのかな？」

男娘が答えた。

「ええ、見たことないです」

「でも気配はする？」

「ええ、なんか見張られてる、って感じはしますよ」

「ほう」

「警察はママの言うこと、真面目に聴いてくれないんですけどね、本当にいるんですよ、ストーカー、気配でわかるんだから」

可愛い顔を興奮で赤らめて男娘がそう憤慨する。

「なるほど」

「ママを護《まも》って下さいよ、頼みますよ」

男なのがもったいないなぁ、と敏三は男娘の可愛い顔を眺めて思った。ストーカーはどうしてこちらのほうを付け狙わないのだろう。隣に座る小山のような巨女よりもこちらのほうがずっといい。

「これまであんたがボディガードしてたって言ったけど、帰りに君が襲われたらどうするんだね？」

男娘がケラケラと笑って言った。

「あたしは大丈夫ですよ、こう見えても高校では陸上部でしたから走るのは得意なんですよ。百メートルは十三秒台で走りますから。ストーカーなんかに捕まったりしませんよ」

敏三は土間に脱いである二足のハイヒールに視線を向けた。敏三の視線を読んでまた男娘が笑った。

「逃げるときは裸足ですよ、もちろんヒールは脱ぎますけどね」

「そりゃあそうだよなぁ、ハイヒールじゃあ走れんもんなぁ」

と敏三も笑った。

「それに、これがあるから捕まっても平気です。返り討ちですよ」

と男声で可愛いハンドバッグからタバコくらいの黒い物を差し出して言った。なにやら電気髭剃《ひげそ》り機に似ている。

「スタンガン買ったんです、二つ。ママにも持たせて」

「スタンガンねぇ」

男娘がスタンガンのスイッチを押すとバリバリという音がして先端から火花が散った。

結構大きな音に、テーブル席にいた客たちが驚いてこちらを見ている。男娘はそんなことなど気にもせず、話を続ける。

「一万ボルトの電流が出るんです。これでバリバリッてやればプロレスラーでもイチコロですって」

奈々という男娘がもう一度バリバリとやって見せた。どれほど効果があるのかは疑問だが、こんなものを押しつけられたらたしかに感電はしそうだな、と敏三は思った。

「で、どうしたらいいんですかな？　迎えに行く場所とか、時間とか」

敏三の問いかけに、いっそう恐縮して堀越美奈子が答えた。

「さきほど申しましたように、お店の閉店は八時なんですが、片付けなんかしますとお店を出るのは九時くらいになってしまう時もございますの。その時間にお店まで来ていただくか……このお店でお待ちいただくか」

「おたくのお店に行きますよ、その時間に。で、毎日ではないとおっしゃったが」

「はい、月水金でお願い出来ましたら……」

「ほかの日は？」

「こちらの奈々ちゃんが送ってくれます。三日くらいなら大事な人も文句は言わないということですから」

奈々が真面目な顔で言った。

「火木土はこれまで通り、あたしが送ります。何から何まで彼氏のいうことをきいていたら舐《な》められますから、て、言うか、彼氏、火木土は夜勤なんですよぉ」

男娘の新しい彼氏は駅前にあるコンビニの店員なのだと言う。

「わかりましたよ、それでは月水金はわたしが護衛するようにしましょう」

二人が手をついて頭を下げる。

「有り難うございます。本当に有り難うございます!」

しかし……この巨女を付け回す奴はどんな男なのか……顔を見たいものだ、と敏三は思った。

五

小料理『大松』のそれからである。

どうせなら、予行演習を兼《か》ねて今夜から、ということで、敏三は堀越美奈子を彼女が住むマンションまでそのまま送ることになった。今夜は彼氏がいないからと、男娘の奈々もついてくる。

目的地のマンションは『七つ星駅』の西にあり、ゆっくり歩いて七、八分の距離だった。商店街のアーケードを抜けて、まず東京の都心まで続く幹線道路に出る。左に曲がり、そこから住宅地に入る。マンション近くの道は車二台がやっと交差出来るほどの広さしかなく、夜も十時を過ぎてしまうとまったく人の歩く姿がなかった。

「誰も歩いていませんなぁ」

と敏三が言うと、

「ええ、そうなんです。九時過ぎると人通りも途絶えてしまって」

と堀越美奈子が心細げに答える。ここら辺は昔は森や畑だったなぁ、と敏三は若い頃を思い出した。息子の幸一郎を肩に担ぎ、近くの小川にエビガニを捕りに来たこともある。

途中には空き地もあり、森もまだ残っている。道は狭い。彼方《かなた》に見える堀越美奈子のマンションの近くにはいくつか古いマンションが寄り添うように建っている。元は農地だったのが宅地となり、野菜作りの農家がマンション経営に業種を変えたのだろう。

「……この道をずっと行くと神社があるでしょう」

「そうなんですか。わたくし、まだこの先まで行ったことがないのです」

昔を知っているからと言っても、こうも変わってしまっては、わしの知識もあてにはならんかな、と敏三は思った。堀越美奈子と奈々という男娘が言うような怪しい人の気配は感じられない。どこから現れたか、突然、無灯の自転車が一台後ろから来て三人を追い越していく。

なるほど、と思った。堀越美奈子が怖がるのもわからぬではない。敏三は自転車が近づくことにまったく気づかなかったのだ。自転車に乗っていた男がもしストーカーだったら間違いなく不意打ちを食らっている。聞こえていたのは男娘の奈々が履いているハイヒールのコツコツという足音だけだ。いざという時に逃げるためか、あるいはいくらかでも背を低く見せたいのか、堀越美奈子のほうは低い靴を履いている。

敏三は後ろを振り返りながら言った。

「……なるほど、女一人だと、ちょっとおっかなくなりますかねえ」

問題は大通りをこの住宅地に入ってからの四百メートルほどの距離だな、と敏三は思った。街灯はところどころで、この四百メートルには暗いところがかなりある。途中に森もあり、そこへ連れ込まれたらアウトだ。

「……あれがうちのマンションです」

森が切れた辺りに数棟マンションらしい建物が建っている。マンションの玄関口には灯りがあり、そこだけが明るく道を照らしている。

目的のマンションに着いた。近くにあるマンションと比べると、堀越美奈子の五階建てのマンションだけが新しい。二年ほど前までは亡くなった父親と一戸建ての家に住んでいたという。一人暮らしになり、ストーカーが現れてから、一戸建ての家では不用心だからと、このマンションの一室を買って引っ越ししたのだ、と彼女は説明した。玄関ドアの横にあるキーパッドに暗証番号を打ち込むと、大きなガラスの玄関ドアが開く仕掛けだ。

「オートロックなので安心していたのですが……」

と怯《おび》えた顔で堀越美奈子が言う。たしかに彼女の言う通りで、居住者以外は建物の中には入れない。だが、部屋の扉の下から手紙が差し込まれていたというのだから、ストーカーは何らかの方法で彼女の部屋の前までやって来たことになる。

彼女の部屋は四階だった。この辺りのマンションとしてはなかなか豪華で、立派なエレベーターがついている。そのエレベーターで四階まで上がる。なかなか快適である。部屋は廊下の一番奥にあり、部屋の番号は四〇九。建物の中は物音一つしない。赤ん坊の泣き声やテレビの音もまったくしない。防音にかなり気を遣ったマンションなのだろう。用心深いことに部屋の扉の鍵穴は二つあり、堀越美奈子はハンドバッグから鍵束を取り出して二つの鍵で開錠した。けっこう面倒くさい。

「どうぞお入りになって下さい」

このまま帰ろうと思ったが、どうしても中も見て欲しい、という。請《こ》われるままに敏三は堀越美奈子と奈々に挟まれる格好で部屋に入った。もちろん敏三はマンションがどんな作りになっているか知っている。息子の幸一郎の住まいがマンションだからだ。息子のところは四人家族だから相当に広いマンションだが、この堀越美奈子のマンションもかなり広い。一人暮らしなのに３ＬＤＫなのだという。広いリビングは洒落《しゃれ》た家具が納まっている。部屋も新しいが家具も新しい。敏三の家にある年代ものとはだいぶ違う。カーテンの色も派手《はで》やかで、いかにも女性の部屋という感じがする。

「どうぞ、お座りになって下さい」

と言われて敏三はふかふかのソファーに腰を下ろした。

「今、お茶を」

と言う堀越美奈子に、

「いや、お気遣いなく」

と敏三は断ったが、

「あ、それ、あたし、やります。ママは座ってて」

男娘の奈々は気配りよく、勝手知ってか、ハンドバッグをもう一つのソファーに放り投げてキッチンに走った。

なかなか気がつく男娘だな、とキッチンに入った奈々を目で追った。それにしてもたいしたものだ、とあらためて思った。喋らなければ絶対に男だとは気づかない。孫の珠子よりよほど女らしいではないかと敏三は感心した。

なかなかの緑茶と高級な最中《もなか》をご馳走《ちそう》になり、三十分ほどで敏三は堀越美奈子の部屋を辞去《じきょ》した。男娘も一緒に帰るという。二人は連れだって駅に向かった。相変わらずマンション前の道路には人影がない。森の近くまで来たところで敏三は奈々に声を掛けた。

「いくらスタンガンとかいうやつを持っていても、この道を一人で帰るのはちょっと怖いだろう？」

「まあね」

と、男娘が笑った。

「実はね、あたしだってストーカーにやられたこと、あるんですよ」

と男声で言った。

「へえ」

「別れた男にしつこいやつがいて。けっこう大変でしたよ、処理すんの」

「処理か」

「ええ、処理」

「で、どうしたんだい、処理って?」

「そいつは簡単でしたよ。あたしがやるわけじゃあなくて、男がやってくれましたから」

「男?」

「そう。新しい彼氏。あたしが欲しいなら前のやつを片付けな、って」

「なるほど」

「もちろん上手く行かないこともありますけどね」

「そりゃあそうだろうなぁ、新しい彼氏が頼りないってこともあるだろう」

「そうなんですよ、だからくっつく時より別れるときのほうがずっと大変」

「なるほど」

と男娘があらたまった声で言った。

「ところで、十段さん」

「なんだい?」

「十段さんには奥さんいるの?」

「ん? 女房のことかね?」

「そう。でも、いないよね、いたらこんなバイト出来ないもんね」

「まあな」

「家族は？　家族、いるんでしょ？」

「いるよ。さっき言っただろう。息子が一人いる。息子は警察官だ」

「ああ、そうだったよね、十段さんじゃなくって、息子さんが警察官なんだった。一緒に住んでいるんですか……そりゃあないか」

「なんだ、そりゃあないか、って、どういう意味だ」

「だって、家族と一緒に暮らしていたら、毎晩一人で『大松』なんかでお酒飲んでるわけないじゃないですか」

この男娘はいちいちなるほど、と思うようなことを言う。けっこう頭が良いのかも知れない。

「君のご家族はどうなんだ？　一緒に住んでいるわけじゃないよな」

「当たり前でしょう。もう二十五ですよ、家族なんかと住んでいるわけないじゃん。十六から独立してますよ、独立」

「ご両親は……その……あんたのことを……その……」

口に出してしまってから敏三は、こいつは微妙な話題過ぎる、と口ごもった。近頃はすぐセクハラとか厄介《やっかい》なことを言うやつがいる。

「私がトランスジェンダーだってこと？　もちろん知ってますよ、ちゃんとお袋に相談したし」

「ほう、相談したのか」

敏三は思わず立ち止まって男娘の小さな顔を見直した。

「そう、十五の時にね」

「そいつは……大変だったんだろうな」

男娘があっさり答えた。

「大変でもなかったですよ。うちは母子家庭で親父はいませんでしたからね。お袋は物わかりが良くて、そうしたいんなら、そうしなさいって。あたし、手術したし」

「手術」

「十段さんわかってないんだろうけど、こうやって女やってんのも大変なんですよ。やんなくちゃならないことがいろいろあってね、お金かかるし。で、お袋に言われましたよ。そうしたいんならすればいいけど、手に職だけはつけときなさい、って。若い時はいいけど、歳とったらどうなるか、それを良く考えて、って。普通の女性みたいに子供産んで、年とってから子供に食べさせてもらうってわけには行きませんからね。そうでしょ？　今は良いですよ、チヤホヤしてくれる男いっぱいいますから。でも、しわくちゃになっても大事にしてくれる男がいるかどうか分からないじゃないですか。いない、と思っておいたほうが良いでしょ？　自分一人で生きて行くしかないわけだし。だからちゃんと老後のことも考えてって、お袋に言われたんですよ。たいした母親なんですよ、うちのお袋って。

で、美容師になったわけ」

「なかなかしっかりしとるなぁ。兄弟は？　家族はおかあさん一人かい？」

「妹がいますよ。こいつが私よりもっとしっかりしてて。ちゃんと短大出て、いい会社に入って、今はお袋と一緒にいます。バカやってんのはあたしだけ」

特に聴くはずもなかった身の上話を聴き、この男娘もなかなかだな、と敏三はまた感心した。男娘になって男の尻を追いかけているのかと思ったが、それなりの考えを持って生きているらしい。

「で、十段さん、どうして息子さんたちと一緒に暮らさないんですか？　仲悪いの？」

実に鋭いところをついてくる。

「ああ、そうだ、仲が悪い。いや、仲が悪いのは一人だけ、息子と仲が悪い。他とは良いよ、特に嫁とは」

「へえー」

駅前の通り近くまで戻った。

「十段さんの家ってどっち？」

敏三は家の住所を教えた。

「ちょっと遠いですね、歩くと」

「そうだね、バスがなくなると。二十分くらい歩かんとならんな」

「そうだ、今度、十段さんの家、遊びに行ってもいいですか?」

意外な言葉にいくらか驚いて、

「わしの家に来たいのか?」

と聞き直した。

「うん」

「かまわんが、年寄り一人の家に来ても何も面白くないぞ」

「わかりませんよ、そいつは。その代わり、何か美味しいもん作ってあげますよ。あたし、こう見えても料理得意ですから。美容師じゃなかったらシェフになろうかと思ってたくらいで」

と、へへへと笑った。

「いいよ、いつでも来たらいい」

「それじゃあ、ここで別れますけど……もう一度……ほんとうにママのことよろしくお願いしますね。ママはあたしには本当の母親みたいなものなんで……お願いします、護ってやってください」

とペコンと頭を下げた。

「ああ、わかったよ。ちゃんとやるから」

自分はここから自転車で帰るからと駅前の駐輪場に向かう男娘を見送り、敏三は「うーむ」と唸った。

男のくせに女みたいな格好をした連中を日頃の敏三は嫌悪《けんお》している。しかもそれが人気タレントにまでなっている現代の日本は堕《お》ちるところまで堕ちたもんだ、と憤慨してきた。

だが、奈々という男娘と一緒にいても、なぜか嫌悪感がない。嫌悪感どころか、なかなか可愛い、とさえ思う。しかも存外に頭も良さそうではないか。

敏三はすっかり自分があの男娘を気に入ってしまっていることに気づいた。

「……そうだなぁ……」

例の鑑定である。男に鑑定はしないが、さて、どうしたものか。見たところは女性なのだから、これは鑑定に値《あたい》するのではなかろうか。

「……うーむ……あれは、なんだな、そう、たぬき、冷やしたぬきくらいのランクは当然だろう。いや、もそっと上かな。蕎麦ではないが、親子丼くらいの地位はやっても良かろう……」

そんな心の中の声が聞こえたように、小さく見える男娘が振り返り、手を振る。敏三も手を振り、親子丼ではなく玉子とじ蕎麦にしてやろうか、と思った。敏三はこの男娘がすっかり気に入ってしまったのだった。

六

小野寺巡査部長は夢を見ていた。いつも見る夢と同じ。いつか観た、『ジャングル』という題名だったか、ハリウッド映画のタイトル前のシーンと同じような夢である。美しいカヌーの上に横たわり、夢のような楽園の景色の中をカヌーは流れて行く。カヌーに横たわるのはハリウッドスターではなく、夢では小野寺だ。小野寺はゆっくりと流れ去る景色を半眼で眺め、天国で昼寝をしている気分。だが、次の瞬間、轟音《ごうおん》でカヌーはひっくり返って落下する。天国と思える楽園があっという間に地獄に変わる、凄まじく高い滝の上からカヌーもろとも落下したのだ！　わーっ、助けて！　と小野寺は叫ぶ。ゴーッという音は、実は交番の開き戸が開けられる音だった……。

小野寺巡査部長は愕然として立ち上がった。慌てて涎《よだれ》を手の甲で拭《ふ》き、目の前にいる男を見つめた。

「ああっ、十段……！」

言ってはならない台詞《せりふ》をまた言ってしまった！　小野寺巡査部長の顎《あご》あたりまでしか身長の無い十段が直立不動になっている小野寺巡査部長を睨《ね》めあげる。

「……あのなぁ」

「おまえさん、夜中の交番が灯台だってこと、わかっとるのか?」

「はは」

「と、灯台でありますか」

当夜起こったことはきちんと日誌に書き残さなくてはならない。発作《ほっさ》的に壁の時計を見た。時刻は十一時四十五分。

引き戸を閉め、小野寺の胸を押し、十段が続けた。

「ああ、灯台だよ。暗闇の中でな、一つだけ煌々《こうこう》と明るいのが灯台だ。どこからでもはっきり見える。二十メートル離れた所からでもだ。交番も灯台と同じだ。そんな場所で涎垂らして寝ていたら、善良な、いや、凶悪な市民はどう思う? まあ、告《つ》げ口でもされたらアウトだぞ、違うか?」

凶悪な市民って……その中にはあんたも入っているじゃないか、と言うほどの余裕はない。ただ、言っていることはもっともである。市民に見られたら、最悪だ。そんなことより、突然目の前に現れた十段に、今の自分は動転している。この老人には出来るだけ会いたくない。

「居眠りするなら見張り所じゃなくて奥の院でするもんだ、バカか、おまえは」

言い返す言葉もない。ゆ、油断だ。

「ささ、こっちへ来んか」

十段は小野寺を押すようにして奥の院と呼ばれる奥の小部屋に入った。ここには大きめのテーブルも椅子もある。勤務中の巡査たちが出前の昼飯などを食う場所だ。もちろん必要な時には取り調べなども外から見えにくいここで行う。勝手に椅子を選んで座った十段が、テーブルに手提《てさ》げ型の紙袋を置いて言った。

「硬直しとらんで、ここに座らんかい。今日は土産《みやげ》を持って来た。そうだ、ルーキーはどうした？　あの軟弱坊やも一緒に当直だろう？」

「ははっ、蒼井巡査は巡回中であります！」

「ほう、巡回か、ご苦労、ご苦労」

やっと我に返って小野寺は袋から何かを取り出す十段の動きを見つめた。

「で、本日は、いったい……何を……？」

「ぼけっとしとらんで、魔法瓶を運ばんかい。ほれ、良い茶を差し入れに来たんだ。いつも不味《まず》い茶しか飲んでおらんお主らが哀《あわ》れでな」

「お茶ですか……」

「駅前のな、ほら、何とか言う古いお茶を売っている店があるだろう。あそこで一番良い茶葉を買って来た。極上の緑茶だ。それにな……」

十段は楽しそうに紙袋からラップに包まれた大福を取り出した。大福は三つある。

「大福付きだ。なんだよ、その顔は。差し入れに来てやったのに、もっと嬉《うれ》しそうな顔をせんか」

「は、ははっ」

小野寺は慌ててシンクに走り、古い急須の中の茶葉を捨て、茶器の用意をした。十段が言った通り、いつも飲んでいる茶は不味い。それもその筈《はず》、ここで食う昼飯もお茶もすべて自腹だから高い茶葉などあるはずもない。

「湯は沸いているのか?」

「は、沸いております」

何故かこの年寄りを相手にしていると、いつの間にか署長にでも受け答えしているかのような自分になってしまう。苦手だ。

「茶を淹《い》れろや。ルーキーにはあとで食わせればいいからさ」

「ははっ」

言われるままに小野寺は十段から渡された茶葉を急須にいれ、ポットの湯を注いだ。

「前に沸かしたんだろうからぬるくなっているだろうが、茶はな、まず湯飲みに湯を入れて、その湯を急須に入れるんだ。そうすると旨い茶が飲める」

うるさいことを言うと思ったが、「ははっ」と答えた。小野寺はおずおずと湯飲み茶碗に茶を入れた。十段はもう旨そうに大福を頬張っている。

「……やっぱり違うなぁ……あそこの菓子は……。さ、さ、お主も食え。旨いから」

「ははっ」

小野寺も素直に大福を齧《かじ》った。十段が言うように、本当に旨い。スーパーに置いてある大福とは全然違う。奮発してデパートででも買ってきたのか。

「旨いだろ？　残念だが、こっちのほうはわしが買ったもんじゃあないんだ。頂《いただ》き物。ところで……ちょっとな、今夜はお主に訊きたいことがあってな、それで寄らせてもらった……」

大福を半分口に入れたところで小野寺は固まった。だいたいこの問題爺いが高級なお茶や大福持参で現れるはずがないのだ。何か魂胆《こんたん》があるのに違いない。やっと大福の切れ端を飲み込んで、小野寺はおそるおそる訊いた。

「あのう……訊きたいことと言うのは……いったい何事でありましょうか……？」

「お主、堀越美奈子という女性のことは知っているよな？」

「は、堀越美奈子でありますか」

意外な問いかけだった。

「ああ、そうだよ。ストーカーに遭っている女性だ。駅前のビルでパーマネント屋をやってる。被害届が出ているだろう、ストーカー被害の」

「も、もちろん存じ上げてますよ、その人なら」

「実はな、わしは請われてそのお方の用心棒をしておるんだ」

「用心棒?」

「ほら、ボディガードっていうやつだよ、ボディガード」

「ボディガードですか」

「ああ、駅前の『大松』の女将さんに言われてな、帰宅が遅くなるんで、店から家までが不安だということで」

「なるほど」

何故かここで小野寺に余裕が出来た。堀越美奈子のことなら良く知っている。と、言っても、個人的にではない。『七つ星警察署』に勤務する警察官ならば誰だって知っている堀越美奈子、というレベルだが。彼女は署では十段と同じで有名人なのである。それにしても、よりによってあの堀越美奈子のボディガードとは……ご苦労様なことではある。

「それで、本官に何を?」

「あの人のな、いろんなことを知りたいわけだ」

「個人情報ですか」

「まあ、そんなところかな。だってそうだろうが、護衛するからには、依頼人の人となりは知っておいたほうが良いだろう。違うか?」

「まあ、それはそうですが」

「それは機密情報です、とか、プライバシーとか言うなよ」

「ですが……そうは行きませんよ、私らには守秘義務がありますから」

「何だよ、わしとお主の仲だろうが。訊く前からそんな冷たいことを言いよって。噂でも何でもいいんだ、特別な個人の秘密を聴きたいわけじゃあないんだよ。たとえばだな、結婚は何回しとるか、とか、離婚したことがあるのか、死別したのか、まあ、そんなことだな。要はあの人を恨んでいる野郎がどれくらいいるか、ま、そんな所を知りたいわけだ。あんたら、家庭訪問なんかして、大抵の家の事情ってやつを摑んでおるんだろう？」

ますます余裕が出て来た。

「それは、十段さん、いえ、三船先生、それって、みんな個人情報じゃあないですか。駄目ですよ、そいつはプライバシーに触れる質問じゃあないですか」

と笑った。

「ま、そうだが……まったくこの日本も嫌らしい国になって来たなぁ。プライバシープライバシーって、そのプライバシーがいったいどれほどのもんじゃい。わしなんか、他人に知られて困ることなんて何もないぞ。プライバシーといって自分のことを隠す連中はみんな後ろ暗いことしてるからじゃあねえのか」

と十段は不満げな顔で言う。何を言い出されるかと緊張に固くなっていたが、内容を聴いたら大したことがないのでほっとした。と、同時に、ちょっとこの老人が可哀そうにもなった。堀越美奈子の護衛などに、この老人はけっこう本気になっているのだ。ばかばかしい。

「あのですね、三船先生、本件はそんなに心配することはないと思いますよ」

「心配ない？」

「ええ、たぶん」

「心配ないって、どういう意味だ？」

「どういう意味って、まあ、そういう意味です。心配ないってことで」

「容疑者が割れたか？」

「まさか。いえいえ、そういう意味ではないです。事件性がないんじゃあないかと、そんな意味で」

十段が、がぶりと茶を飲み、太い腕を組んで言った。

「ははあ、お主、疑っておるな？」

「は？」

「お主、この件はあの人の狂言だと、そう思っておるのと違うか？　どうだ、そうだろう」

図星である。『七つ星警察署』の署員は、誰だって狂言だと、そう思っている。だが、ストーカー事件という事案そのものが重要なものになり、わずかであろうと、たとえ一パーセントであろうと疑惑があれば警戒《けいかい》態勢だけは確立しておく、というのが警察の方針になっている。

「まあね。ですが、万が一のこともありますから、きちんと警戒だけはしております。今現在、蒼井巡査も、そのために深夜にもかかわらず堀越美奈子宅付近を巡回しておるわけでありまして」

「わかった、わかった」

両手を挙げて十段が言った。

「被害届を受け取ったから、一応は巡回なんかをしとるが、実は狂言ではないかと、疑っておる……」

「まあ、ここだけの話、ぶっちゃけて言えばそうなります。ですが、もちろんないがしろなんかには出来ませんから、こうして本官たちも常時警戒に当たっておるわけでありまして」

「けっこう、けっこう、それで良い。で、堀越美奈子という女性だ……個人情報でなくてもいい、被害届を出した時にだな、一緒にストーカーから来た手紙というやつも警察は受領しておるだろう?」

「ええ、たぶん」

「何だよ、頼りない返事だな。どんな手紙だったか、中身は知らんのか?」

「知っていますが……実際にこの目で見たってことではありませんので」

「見て無くても、中身は知っているんだな?」

「はあ、噂で……というか、担当者からの発表が会議でありましたんで」

「なるほど。で、そいつはどんな文面だった?」

「あのう、依頼者の堀越美奈子氏から聴いておられないのですか?」

「聴いたよ。殺す、とか何とかおっかない内容だった、と言っていた」

小野寺は噴き出した。

「ええっ、そう言ったんですか、彼女。違いますよ、そんな物騒な手紙とは違いますよ」

「違うのか?」

「違いますって。まあ、会議でも公表されていることですから話しますが、もっとロマンチックな奴でしたよ」

「ロマンチック?」

「まあ、そうですねえ。だって、『おまえは俺のものだ、どんな奴ともくっついたら許さない』とか、そんなもんでしたから」

「へぇー……」

「それにしても、おかしいですよね」

「何が、だ?」

「そもそもストーカーというのはですね、そのほとんどが別れ話のもつれですよ。片方がもう別れると言い出す、もう片方が、それは嫌だ、と言ってつけ回す。これがいわゆるストーカー事件のパターンですよ。いろいろあっても、このパターンの変形、バリエーションじゃあないですか」

「まあ、そうだなぁ」

「そうでしょう? ですが、あのご婦人には恋人だとか別れたご亭主なんてのはいないんですよ」

「本当か?」

「断言は出来ませんが……でも、それじゃあ、三船先生は、あの人に、そんな恋人かなんか、いたと思います?」

十段は腕を組んだまま黙ってしまった。

「いいですか、あの堀越美奈子氏ですよ。本官よりも大きいんですよ、あの方は」

「プロレスラーかなんかなら……」

十段が呻くように言う。

「プロレスラーや相撲《すもう》取りはみんな美人を嫁さんにしていますよ。あのアントニオ猪木《いのき》だって元の嫁さんは映画女優でしょう?」

「まあ、そうだが」

「日馬富士《はるまふじ》だって、白鵬《はくほう》だって、かみさんはみんな美人じゃあないですか。だから、まあ、こう言っては失礼ですが、そう簡単にあの方相手に、生きるの死ぬの、ってこと言う人がいるとは、本官には思えないんですよ」

「だから狂言だと、あんたはそう思うわけか……」

十段が力なく言う。

「ですから、断言はしませんよ。世の中、蓼《たで》食う虫も好き好きですからね」

しばらく考えた後、十段はため息をついた。

「では、もう一つ……過去にだね、彼女の周りで、あるいは家族のことで、何か事件はなかったのかね？」

「そいつはわかりませんねぇ。会議でもそんな話は出ませんでしたから、無かったんじゃあないですか、事件なんて」

「引っ越す前のことだが、彼女はお父さんと一緒に暮らしていたんだったね」

「ああ、今のマンションじゃなくて、前の家に住んでいた頃の話ですね？　そいつは良く知らんのですよ、自分はここに勤務が決まって一年ですから。その前のことは前任者に訊いてもらわないと」

と言って、小野寺は急いで前任者の名前を十段に教えた。

「桜田《さくらだ》さんです、桜田警部補。もう定年で退官されましたが」

こんなことを教えたら桜田元警部補が迷惑するだろうとは思ったが、そんな気遣いどころではなかった。とにかく十段が自分から離れてくれればそれでいい。

「もっと訊きたいことがあるんだがな……」

「桜田さんですよ、桜田さん、あの人なら、ここに七、八年もいましたから堀越家のことなら何でも知ってますって。連絡先は本署で、ね。普通の人には教えないかも知れないけど、三船先生なら、ほら、顔で……とにかくですね、まずは桜田さんです、あの人なら喜んで話しますよ。退官されたんだし、もう守秘義務そんなに気にすることもないでしょうし」

上手いこと切り抜けたと思ったところで、巡回を終えたルーキー、蒼井巡査が引き戸を開けて入って来た。

「ああっ、十段……！」

十段が鬼検事のような顔で蒼井巡査を手招いた。

「待っておったぞ、ルーキー。ほれ、おまえさんのために大福も用意してある。さ、さ、こっちへ、こっちへ。お主にも訊きたいことがあるんじゃ」

その名のように蒼白になった蒼井巡査は、あろうことか、くるりと体の向きを変え、再び引き戸の外に飛び出して行った。

七

日曜日、敏三は私鉄で『七つ星駅』から各停で八駅先の『大日向駅《おおひなた》』まで出掛けた。『希望の大地』という施設を訪ねるためである。『希望の大地』はいってみれば昨今流行の老人ホームだ。敏三は月に一度、必ずこの老人ホームを訪ねる。そこにいる松本友成《まつもとともなり》という人物に会うためである。

松本氏はかつて敏三が『七つ星高校』の体育教師として勤《つと》めていた頃、校長先生だった人物である。敏三には頭の上がらない人物が三人いるが、その最後の一人がこの松本友成氏なのだ。敏三にとっては恩人と言って良い。何度窮地《きゅうち》に陥《おちい》った敏三を救ってくれたことか。

かつて柔道部の監督だった時のことだ。あまりに激しい柔道部の稽古に父兄から苦情が出て、それが教育委員会にまで伝わった。敏三の免職の危機である。その時に最後まで敏三の弁護に立ってくれたのが校長の松本先生だった。

「きつい稽古があったから名もないうちの柔道部が日本一になれたのです。なれ合いの稽古で日本一にはなれません。我が柔道部は『七つ星高等学校』の誇りなのであります。この我が校の柔道部に入りたくて入学して来る生徒も大勢いるのです。そしてその柔道部を今日のように誇れるものにしてくださったのは、監督をお願いしている三船敏三先生なのであります！」

と父兄をかき口説《くど》き、敏三の免職回避に奔走《ほんそう》してくれたのである。

『希望の大地』という老人ホームは、正確にいうと『大日向駅』にあるのではなく、そこからさらにバスで七、八分かかる場所にある。まさに辺鄙《へんぴ》な場所だが、その代わりに町中にある施設と違い、たっぷりと土地も取り、自然に囲まれて大層居心地が良さそうに見える。周囲は畑で、近くには山々が連なっている。だから空気も澄《す》んでいる。駅から小型バスに乗り、『希望の大地』前という停留所で降りれば施設が目の前だ。

日曜日の昼過ぎで、バスには敏三とあとは二人の乗客がいるだけ。施設のある『希望の大地』前で降りたのは敏三だけだった。

「日曜なのに、父母を訪ねてやろうとするもんもおらんのか。なんだ、年寄りを一人ぼっちにしよって」

と『希望の大地』を訪れる乗客がいないことに、敏三は憤慨する。

門から施設の玄関まで、車が乗り入れられるような広い道が作られている。横にある駐車場もやたら広い。五十台も停められそうなスペースである。もっとも、今停まっているのは施設のワゴン車とセダンが二台ほど。収容されている年寄りを見舞う家族がほとんどいない、ということだ。

「まったく……日本人も情が無くなったもんだな……」

ぶつぶつ言いながら敏三は広い玄関に入った。手にはデパートの古い紙袋と大きなペットボトルを提げている。靴を脱いで上がったところで顔見知りの女性職員から声を掛けられた。

「三船さん、ご苦労様！　先生は裏庭よ」

「おう、そうかい」

このでっぷりした女性職員は名を大場駒子《おおばこまこ》という。歳の頃は五十歳。ホーム長ではないが、たぶん上から二番か三番目くらいに偉いはずだ。敏三はまた下駄箱から靴を取り出して履いた。裏庭に回る。裏庭はこれも広大で、菜園やら家畜小屋がいくつも見える。鶏《にわとり》小屋に山羊《やぎ》の小屋。この『希望の大地』で朝食に出て来る卵はこの鶏小屋の鶏が産んだ卵だ。残念なことに山羊の乳は衛生的に不安だという理由で献立には出て来ない。家畜小屋の向こうに見えるのは濃い緑の連山だ。空気が旨い。

ベレー帽を禿げ頭に被《かぶ》った松本先生は鶏小屋の前にいた。歩行が難しいので車椅子に座っている。前には脚立《きゃたつ》に載ったキャンバスがあり、車椅子から乗り出すようにして絵筆を動かしている。近づいて見ると、描いているのは若冲《じゃくちゅう》ではないが、鶏小屋の中の鶏である。そっと後ろから覗き込む。描かれた絵は敏三が噴き出したくなるくらいに下手だ。油絵の具で盛り上がった嘴《くちばし》などを見れば、鶏はどう見てもアヒルのようにしか見えない。

「校長先生！」

松本先生は驚いて飛び上がり、

「……なんだぁ、あんたか、びっくりした」

と言い、それから嬉しそうに笑う。

「すまんですのぉ、そんなに来てくれんでもいいのに……」

「だって、もう無くなったでしょう？」

敏三は手にしたペットボトルをかざして見せる。

「おう、また持って来て下さったか」

と松本先生が満面の笑みでホッホッと笑う。実はこのペットボトル、普通のペットボトルとは違う。中に天然水など入ってはいない。入っているのは鹿児島産の芋焼酎なのである。『希望の大地』はゆったりとした外観通り、規則もゆるい居心地の良い施設で、さほどの不自由は無いが、飲酒だけは禁じられているのだ。もっともこの規則の違反者は相当いて、松本先生もその一人。ただ、歩行が困難な松本先生は自分で買い物は出来ず、訪れる家族もいないから、酒は敏三が搬入するのを待つしかないのだ。で、敏三は月に一度、日曜日、大型ペットボトルにたっぷりと焼酎を入れ、運び屋となるのである。

「すみませんのう、いつも、いつも」

「なになに、わたしもね、校長先生と飲みたいからですよ。家では家内がうるさいから、あまり飲まんので」

と嘘をつく。敏三からアルコールが切れることはない。実は、松本先生は敏三がまだ妻帯だと思っているのだ。それは敏三が妻の死を知らせなかったからで、松本先生が惚《ぼ》けたからではない。亡妻も同じ『七つ星高校』の音楽教師で、二人の仲立ちをしてくれたのが松本校長、ついでに仲人《なこうど》までやってくれたのだった。実の娘のように思っていた妻君の亜矢子が亡くなったと知ったらどれほど悲しまれるか、ひょっとするとわしと同じくらい悲しむかも知れないと、あえて敏三は妻の死を知らせなかった。

いや、知らせることが出来なかったのである。

「では、やりますかな」

敏三は提げていたデパートの紙袋から紙コップと割きチーズなどを取り出した。ペットボトルから二つの紙コップにトクトクと焼酎を注ぐ。

「今日は芋にしましたよ」

「ホッホッホ、焼酎はやはり芋ですなぁ、三船先生」

「本当は日本酒にしたいんですが、やはり少しは色がつきますんでな。駒子さんに見つかったらアウトですから」

松本先生は絵筆とパレットを膝に置き、紙コップを両手で大事そうに口に運ぶ。その横顔を眺め、敏三は嬉しくなった。あと何回これが出来るかわからないが、元気なうちは必ずに一度はこっそり酒を運ぼうと思う。もし酒で寿命が一年、あるいは二年縮んでも、好きな酒を飲んで死んだほうが幸せだろうと、敏三は思うのだ。松本先生はもう八十を相当過ぎている。たぶん八十八になったはずだ。まあ、長生きしてもあと十年もつかどうか。男の子が一人いたが、若い頃に交通事故で亡くし、妻君も先に逝ってしまわれた。そんな老人の楽しみなどたんとありようはずもない。せめて好きな酒くらい少しは飲ませてやりたい……。

敏三はちょっと涙目になったのに気づかれないようにキャンバスに描かれたアヒル、否《いな》、鶏に目をやった。

「ところで、みなさん、お元気かな」

「はいはい、みんな元気にしとります」

「しばらく亜矢子さんにもお会いしてないが」

「ああ、あれは、実は足腰を悪くしておりましてな。なんとしてでも校長先生にお会いしたいといつも言うておるんですが、連れて来られなくて申し訳ない」

「そうですか、足を……わたしもこんな有様で……歩けたらわたしのほうからお会いしに行くのだが」

「具合が良くなったら連れてまいります」

「お元気ならそれで十分」

「校長先生の好きな煮物を一緒に持って来ますよ」

「楽しみですなぁ。亜矢子さんの煮染《にし》めは他のものとは一味違いますからなぁ」

潤《うる》む目を彼方《かなた》の山々に移した。本当に亡妻の作る煮物は嘘も隠しもなく旨かった……。もう一度食べられたら、寿命が何年縮んでもかまわない。

「ご子息は、どうですかな?」

「息子ですか」

「さよう。ずいぶんとご出世なさって」

「ああ、あいつは元気ですよ。忙しそうで、もう小一年、会っておりませんが」

幸一郎が忙しいのは本当だが、会ってないのは敏三が会いたくないからだ。我が子ながら、本当に相性の悪い奴だと思う。

「お孫さんたちもお元気ですか」

「はいはい。孫娘のほうが特に元気で」

「ほう、珠子ちゃんが……ほう、ほう」

こちらのほうはつい最近、一万円を持って行かれたばかりである。

「ただ、雄一郎のほうがいけません」

敏三は雄一郎が今年もまた東大受験に落ちたことを話した。

「ホッホッホ、良いじゃありませんか、東大一本で頑張るなんて。豪の者じゃあないですか、大物ですぞ、それは」

頑張って駄目なら仕方がない、と敏三も思う。日がなギターを弾き、同じような落ちこぼれの仲間を集めてバンドなど作っているのだから、孫に甘い敏三でも、

「しっかりせんか！」

と、頭の一つも張り飛ばしたくなるのだ。

「なにが豪の者ですか。意気地《いくじ》がないだけですわ」

孫娘の珠子と違って雄一郎は本当に軟弱なのだ。あれは孫たちが小学校の頃であったか。あまりの不甲斐《ふがい》なさに敏三が拳骨で頭をポカリとやろうとしたら、拳骨を振り上げた段階でもうワアー、ワアーと大泣きを始めたほどなのである。そんな雄一郎に引き替え、孫娘の珠子は違った。拳骨でポカリとやろうとすればそれを事前に察知して素早く逃げ出し、木の上に登って上から、アカンベーとやり、

「じいじのバカ野郎！」

などと叫ぶ、これこそ豪の者だったのだ。

敏三は松本先生の紙コップに焼酎を注ぎ足し、もう一度半《なか》ば完成に近そうなキャンバスに目をやった。しげしげ見れば鶏に見えるか、とも思ったが……やはりアヒルだ。

「しかし……良いご趣味があって良いですなぁ」

と心にもないことを言う。

「いやぁ、下手の横好きで。それでも子供の頃は絵描きになりたいと、本気で思っておりましてな」

ならなくて良かったですね、とはいくら口の悪い敏三でも言わない。

「ほう、絵描きに」

何度も聴いた台詞だが、一応は驚いて見せる。

「ハハハ。才能が無いと早々にわかり、あきらめましたが」

良かったですね、早くに気がついて、とも言わない。わしは、優しいのだよなぁ、と敏三は自らを褒《ほ》めてやる。

「三船先生はどうなのですかな、毎日、やはりお忙しいのかな」

「わたしですか。いや、暇ですよ、寝てばかりで」

「柔道のほうはもうおやりになりませんのか？」

「ええ、歳ですから、さすがに休養ですわ」

スポーツ化してしまった柔道に魅力が無くなったと話しても難しかろう。代わりに喧嘩《けんか》の仲裁をやっています、とも言えない。

「もったいないですなあ。三船先生ほどの武道家が。才能の持ち腐れですのう」

そうだ、と気がついて、敏三はつい最近始めたボディガードのアルバイトのことを話した。

「なんと……用心棒ですか！」

はたして校長先生は膝を打って嬉しそうな顔になった。それにしてもこちらがボディガードと言っているのに用心棒とは古くさい。いや、三船敏郎ならばやっぱり用心棒か。

「用心棒と言っても、相手はストーカーですから、大したことをしているわけじゃありません」

「ほほう、ストーカーですか」

施設に籠《こ》もりっぱなしの校長先生でもけっこう世事《せじ》に詳しい。敏三などよりもテレビを観ている時間が長いのかも知れない。

「ストーカーねえ……いけませんなあ、執着は」

とめずらしく校長先生は厳しい顔になる。

「まあ、人間、執着するな、というほうが無理な注文ではありますが、執着にも二種類ありましてな」

「ほう、二種類ですか」

「そうなんですよ、三船先生、二種類ですなぁ。一つは前向きの執着、もう一つは後ろ向き」

「前向きと後ろ向き」

「そうですよ、この二種類。前向きの執着は、将来に向けての執着ですなぁ。後ろ向きというのは過去のことを執着することですな。将来への執着は、人間の原動力ですよ、将来どんな人間になりたい、と執着を実現しようと頑張るパワーになりますな。ですが、三船先生、後ろ向き、これはいけません。要するに過去から離れることが出来ず、ひたすら過去に幻を見る。過去を振り返り、そこから新しい知恵を学ぶならば価値がありますが、過去に縛られてては何も出来ませんよ。いわゆる昨今のストーカー事件というのは、思うようにならなかった過去を何とか暴力で実現しようとしているだけですから。で、依頼人はどのような方ですかな？　男性ですか、女性ですか」

「依頼人は駅前で髪結《かみゆ》いさんを経営しとる女性なのですがね……」

敏三は依頼主がどんな被害に遭っているかをかいつまんで説明した。

「なんと、妙齢の女性ですか！」

目を見開いて校長先生は驚いた顔を見せる。

「妙齢ですか……まあ、わたしから見れば若い女性ではありますが、ちょっとね、何と言いますか、校長先生が想像されているような人ではないんで……」

と敏三はちょっと申し訳ない気がしながら、堀越美奈子の外見を説明した。

「ははっ、鱶《ふか》ですか」

「いや、鱶ではなくて鮫です、ほら、この前どこかの漁港で網にかかった鮫、『メガマウス』という奴ですわ」

校長先生は、アハハと笑い、

「あのね、鱶というのは大型の鮫のことでしてな、その鰭《ひれ》がフカヒレ」

と鮫と鱶について解説をしてくれた。敏三は、さすが校長先生は博学だ、と感心した。でもなぁ、とも思う。なかなか食う機会のないフカヒレだが、それではフカヒレはみんな大型の鮫の鰭なのだろうか。そんなに大きくない鮫の鰭も使っているのではないのか。ならばフカヒレとサメヒレと二種類あっても良かろうに。サメのヒレでは何となく高級に聴こえないのでミソもクソもフカヒレにしているのだな、と敏三は昨今のインチキ商法に腹がたった。

「……それで、あなた、その扉の下に挟まれていたという手紙をご覧になったんですかな？」

と校長先生が続ける。

「いや、直接には見ておらんです。警察に証拠品として届けたそうで」

「なるほど」

「それなのですがね、実は警察のほうはどうもこれは狂言ではないかと疑っているふしがありましてな」

「ほほう、狂言ですか」

「なにせ被害届を出したのが鱶口の巨女ですから」

校長先生はウーンと一つ唸った。

「近くの交番のお巡りも、これは毎晩巡回をしている巡査たちのことですが、どうも同じように思っておるらしいのですよ。ストーカーに狙われるのは綺麗な女性と決まっている、と、まあ、そんなふうに思っているわけで」

しばし考えていた校長先生は紙コップの焼酎をグイと空けて、

「いやいや、そうばかりとは限りませんぞ。蓼食う虫もいろいろで。会《お》うたことはないが、その女性にはですな、どこか特別の魅力があるのかも知れませんぞ。人間、見た目ではないですからのう」

敏三は本当にそうだろうか、と、あの堀越美奈子の容姿をもう一度思い浮かべた。大きな体に大きな口……楚々《そそ》とした女の魅力などどこにも無い気がするが……そこまで考えて、敏三はハタと胸の辺りを思い出した。ゆっさゆっさと揺れる巨大な胸だ。なるほど、人によってはあの巨大な胸に惹《ひ》かれるか……。まあ、あり得ぬことでもないか……。

敏三は続いて亡妻のことを思い出した。亡妻がまだ二十代で三船姓ではなく星野亜矢子だった頃のことだ。美貌の音楽教師は仲間の教師たちの憧れのマドンナで、男子生徒たちの人気も絶大だった。彼女が望めばどんな素敵な相手でも見つけられる、それほどの美女だった。そんな彼女が結婚相手に選んだのが体育教師のむさ苦しい敏三だったのだから、学校中、否、父兄たちもこぞって仰天したものだ。で、考えてみる。敏三は我が身を省《かえり》みずに彼女にアタックした。当たって砕《くだ》けろ。可能性はまずゼロで、砕けるのは承知。だが、奇跡が起こって、星野先生は敏三とのデートを承諾《しょうだく》したのだ……。後年、敏三は妻に、

「だけどさ、何でわしなんかを選んだんだい？　もっと良い男がわんさといただろう？」

と尋ねたことがあった。妻の亜矢子はこう答えた。

「好き嫌いは理屈ではありませんよ。それにね……私は汗臭い男の人が好きでしたからね」

「へえー、わしは汗臭い男かい。風呂にはちゃんと入っておるがね」

そこで敏三は気がついたのだ。あの時、奇跡が起こったから幸せな人生を送れた。だが、もし相手にされず、嫌がられていたら。

そうなのだ、一歩間違えば今で言う、自分がストーカーにされていた可能性もあったのではないか。いや、決して自分はストーカーになどならなかった。砕けたら潔《いさぎよ》く諦める、それが日本男児の生き方であろう。好きなればこそ相手の幸せを考え、己の欲望を粉《ふん》砕《さい》する、それが出来て男ぞ、と、まあ、奇跡が起きたからこそ言える理屈かも知れないが。

「しかし、何ですなぁ、良いお仕事を見つけられましたなぁ、三船先生がついておられたら依頼された方は幸せだ。もう安心ですからなぁ、怖い者なしの三船先生ですからねぇ」

敏三はまた校長先生の紙コップに焼酎を注ぎ足し、

「本当にストーカーが存在したら、の話ですよ。ただの妄想で怖がっているという可能性もありますからね」

と自分の紙コップにも焼酎を注いだ。

八

敏三はダイニング・テーブルに頬杖をつき、なんともスタイルの良い奈々ちゃんの後ろ姿を眺めていた。今日の奈々ちゃんはジーンズに洒落たシャツ、という出で立ちだが、それでもくびれるところはちゃんとくびれ、やたらスタイルが良い。とても男とは思えない後ろ姿なのだ。

三十分ほど前、敏三が日課の鍛錬を終え、朝風呂で一汗流して、さて、朝飯にするか、とキッチンに立った時に現れたのが男娘の奈々ちゃんだった。突然現れた奈々ちゃんは両手に大きなスーパーの袋を提げていた。

「ああ、良かった……十段さんが居なかったらどうしようかと思ったよ」

と、「あがれ」とも言わないうちに奈々ちゃんはどんどんキッチンまで入って来たのだ。

「……いったいどうしたんだよ……突然。電話しなくちゃあ駄目だろう」

朝風呂から出たばかりの敏三が、バスタオルで禿げ頭を拭きながらそう尋ねると、

「だって、携帯にぜんぜん出ないじゃない。固定電話の番号知らないしさぁ……ええい、行って確かめようって、それで来たわけ」

ああっ、と思った。携帯は持っているが、どこに置いたかは忘れている。

「わしが居なかったら、どうするつもりだったんだ？　わしだっていつも家にいるとは限らんのだぞ」

「十段さんが出掛けるのはいつも昼過ぎでしょう？」

「そうとは限らん」

「だって、この前十段さん、そうママに説明してたじゃない」

「……そうだったかなぁ……」

そう言われると、そんなことも言ったような気になる。ここが年寄りの情けないところで、最近は物忘れがひどいから、自信が無くなっている。

「それよりな、ちょっとあんたの携帯で、わしんとこ掛けてみてくれんか、そうすりゃあわしの携帯がどこにあるかわかるから」

「いいよ、掛けてみる」

奈々ちゃんが自分の携帯で敏三の携帯を呼び出す。どこかで携帯が鳴っている。もっとも耳の遠くなった敏三にはどこで鳴っているのかがわからない。

「……あっちのほうで鳴っているけど」

奈々ちゃんは廊下の突き当たりを指さした。突き当たりは便所である。風呂に入る前に便所に行き、そこで置き忘れたのだ。なんで便所まで携帯を持って行ったのか……。誰かに掛けようとしていたのか……。情けないことに、もうそれも思い出せない。

敏三が慌てて便所から携帯を取って来ると、奈々ちゃんはテーブルの上に食材を取り出して並べている。

「……十段さんは野菜不足だろうからさ、今日は野菜をうんと摂ってもらおうと思ってね……」

奈々ちゃんは嬉しそうに、インゲン、ホウレン草、小松菜、チンゲン菜、コリアンダーなどをスーパーの袋から取り出している。本気でわしのために朝飯を作る気なのか……。なんだか嬉しくなったが、とりあえず面倒くさそうに言った。

「わしは、べつに野菜不足じゃあないぞ……そうだな、なんだかおまえさんを待っていたみたいだが、ちょうど飯が炊きあがったとこだよ」

敏三はシンクの脇にある電気釜を目で示した。

「十段さん、自分でちゃんとご飯炊いていたんだ！」

と、奈々ちゃんが驚いた顔をする。

「飯を炊くだけじゃあないぞ、料理だってする」

「へぇー、ほんと」

「ほんとだ」

「偉いねー、一人で、ちゃんとやってんだ」

「ああ、やっている。まだ他人の世話にはならん」

「そうだよね、ボディガードやるくらいだもんね、まだ若いよね」

奈々ちゃんは冷蔵庫を覗き、それから調理台をチェックして、

「へぇー、なんでも揃《そろ》っているじゃん」

と感心したように言った。

「だから、自分で調理もしとると言っただろうが」

「偉い、偉い」

と、奈々ちゃんは勝手知った感じでさまざまなものを取り出して、何を作ってくれるのか、朝飯の支度を始めたのだった。

「……それにしてもさぁ、十段さん、ずいぶん立派な家に住んでいるんだね」

と豚肉とチンゲン菜の炒めものを口に頬張って、奈々ちゃんが言った。

「ああ、三十年ローンで建てた家だよ。昔は三人暮らしだったからな」

「三人？」

敏三はインゲンの炒め物を一口食べた。なかなかの味である。まずインゲンを茹《ゆ》で、別のフライパンで細切りにした豚のバラ肉をしっかり炒める。そこに茹だったインゲンを入れてさらに炒め、塩、醬油《しょうゆ》、少量の砂糖を隠し味に掛ける。皿に盛る前に煎《い》りゴマをほんの少々、これは中華風の一品だ。この男娘はなかなか凝《こ》ったものを作る。たいしたもの

である。

「ああ、三人だ。家内と息子の」

「子供は息子さんだけ？」

「ああ、一人だよ」

「奥さんは亡くなったんだよね」

「ああ、先に逝かれた、六年前にな」

茄子《なす》の味噌《みそ》炒めを食べてみる。これも敏三の腎臓を考えてか、味噌は薄味である。敏三のグラスに冷えたビールを注ぎ足しながら奈々ちゃんが言う。このビールは奈々ちゃんの持参ではなく、敏三の家の冷蔵庫に入っていたものだ。奈々ちゃんが、自分のグラスにも注いで言った。

「……寂《さび》しいね、ちょっと」

「まあ、そうだな」

普段なら、そんなことはない、と強がるところだが、この奈々ちゃんを前にしていると、どうしてだか、そんな気にならなくなる。

敏三は別の皿に箸を伸ばした。炒め物が多いが、どれも微妙に味が違い、ビールの肴にはぴったりである。「どこで料理を覚えた？」と訊くと、昔、中華料理店で皿洗いをしていたと答えた。

「何で、息子さんと一緒に暮らさないの？」

と、また奈々ちゃんが訊く。

「息子とは、性が合わん」

「へぇー、そうなんだ」

「性が合わんのは息子だけで、嫁や孫たちとは仲が良いよ」

「だったら一緒に暮らせばいいのに。息子さんはどうせ勤めていて昼間は家にいないんでしょう？」

「それより、おまえさんはどうなんだ、どうして家族と一緒に暮らさない、お母さんと妹がいるんだろう？」

と、敏三は、以前奈々ちゃんから打ち明けられたことを思い出して尋ねた。

「だって、遠いからね、うちのお袋がいる所」

「どこなんだ？」

「新潟」

「うーん、そりゃあちと遠いなぁ」

「それに、東京でちゃんと腕みがかないとね、まだまだ独立出来るほどの腕じゃあないしさぁ。このまま田舎《いなか》に帰っちゃったら、駆け出しのまんまじゃない。それに……あたし、こんな感じでしょう？　東京みたいに受け入れられるか、ちょっとね」

「なるほど。で、あの人だが、堀越さん、あの人は腕がいいのか、パーマ屋さんとして」

奈々ちゃんが大きな口を開けて笑い出した。

「やめてよ、十段さん、パーマ屋さんはないよ、アーチストだよ、アーチスト」

「アーチスト？」

「要するに美容師だけどさ、ママくらいになると、もうアーチスト。ママは一級の美容師だよ」

「へぇー」

「だからこんな東京の外れでもね、ママのところで働きたいって女の子、ずいぶんいるんだよ。ま、あたしもその一人だったわけだけど」

「だが……あの人は、昔はデパートガールだったんだろう？ 化粧品かなんか売っていたと、誰かに聴いたぞ」

「違う、違う。デパートにはいたけど、売り子じゃあないの。ママが働いていたのはね、デパートの中の美容室。東京ではトップクラスのお店にいたの、超有名なお店だよ、タレントとかさぁ、セレブが来る」

「なるほど」

「で、ママが独立すると、そこで働いていた子たちもみんなママについて来ちゃってさ、その時は大変だったらしいよ、元の鞘《さや》に納めるの。お店に悪いから、ついて来たら駄目って。もっともね、あたしは噂聞いて入った口だから、ずっと後だけどね、先輩から話聴いただけ」

「そんなに人望があるのか、あの人は……」

「最高だよ、とことん優しいし、包容力あるし」

「で、可愛がられたんだな、君は、ママさんに」

「とてもね。でも、そりゃあ他の人たちも同じだよ。みんな仲が良いんだよ」

「今は、他にも働いている人がいるのか、君以外に？」

「いるよ、三人。昌子《まさこ》さん、久美子《くみこ》さん、綾《あや》ちゃん……」

「……みんな……その……女の人か？」

奈々ちゃんがまた笑った。

「みんな女だよ。男はあたし一人」

「ふーん」

どうも『七つ星交番』のお巡りたちの評価とは違う。

「優しいんだから、ママは」

「でもなあ、いつか『大松』でサラリーマンをどやしているのを見たぞ」

「あれぇ、あん時十段さんもあそこにいたの？」

「いたよ。おまえさんもいたのか？」

「いたよ、あたしも」

「だったら知ってるだろう、凄い剣幕でサラリーマン二人だったかな、どやしつけて店から追い出していたじゃないか。静かにしないか、このヤロー、って感じで」

奈々ちゃんが急に真面目な顔になった。

「あれはね、わけありなの」

「わけあり？」

「そう。あん時はね、あのサラリーマンたちがあたしのことをいろいろ言ってたわけ。オカマとかそういうことをね」

「おまえさんのことをか？」

「そう。しつこくて、あいつら、ずーっとあたしのこと見ていて、嗤《わら》って酒飲んでたのよ。それでとうとうママが切れてさ、それで怒鳴ったわけ。ママはあたしが傷つくのが我慢出来なかっただけ。普通ならママは大人しいんだ、体、大きいけどさ、淑女《しゆくじよ》だよ、ほんとのレディ。そもそもお嬢さんだからね」

「そうか、お嬢さんか……」

敏三は、それが本当なら、人は見た目ではわからんものだな、と思った。奈々ちゃんが身を乗り出すようにして敏三を見つめる。

「十段さん……」

「なんだ？」

「正直に答えてよ」

「何をだよ？」

「十段さん、ママがストーカーにやられてるって、本当は信じてないんじゃないの？」

敏三は改めて奈々ちゃんの可愛い顔を見つめた。その真面目そうな顔に、嘘は言えない気がした。

「まあ、正直に言うと……半信半疑ってとこかな」

「やっぱりね」

「だってな、これはおまえさんだってわかるだろう、ママさんは誰かに言い寄られるようなタイプじゃあないだろうが。おまえさんみたいに、堀越さんのことを良く知っている男ならあの人の良さがわかって、それではって気になるかも知れんが……なんて言うかな、一目惚れしちまうってタイプじゃなかろう。それとも、あのママさんに、男問題でもあったのかね、これまでにさ、特別な男がいたとか」

「いないよ」

「だろう？　だったら、どういう奴が堀越さんを追いかける？」

「見る目がないねぇ、十段さんは。ママはもてるんだよ」

「もてるのか」

「だからさ、どういう奴がママを好きになるんだ？　見かけだけで好きにはならんだろう、あの迫力ある体では」

「それは十段さんが良くママを見てないからだよ」

「まあ、そうかも知れんが」

奈々ちゃんがため息をついて言った。

「ストーカーは、本当にいるの」

「どんな奴だ？　見たことはないんだろう？」

「ないよ。でも、いるの」

今度は敏三がため息をつく番だ。

「要は……おまえさん、本当にあの人が好きなんだなぁ」

「好きだよ」

奈々ちゃんはあくまで真剣だった。

「ストーカーはいるんだよ、十段さん、見てないけど、本当にいるの」

「わかったよ、信じるよ、おまえさんの言うことを」

「あのね、あたしがそういうのは、ちゃんと証拠があるから」

「証拠？」

「そう。仕方が無いから言うよ。脅迫状がね、あたしの所にも来たの」

「なにっ……？」

「これなら信じるでしょう？　ママの所に来た脅迫状と同じようなのがね、あたしにも来たの。ママの側にいたら、おまえを殺す、って。あいつはあたしがママを護っているのを知っているんだ」

「本当か？　驚いたな……それが本当なら」

「嘘なんかつかないよ、嘘ついてどうするの」

「そいつも警察に届けたのか？」

「ううん」

と、奈々ちゃんは首を振った。

「前の時と同じでさ、信じやしないよ、警察は。自分で書いたって言うに決まってるから」

それも、そうかも知れないと思った。奈々ちゃんが真剣な顔で敏三を見つめる。

「一つ訊いていいかな」

「何をだ？」

「十段さん、有名な武道家だって聴いたんだけどさ、その、得意な武道って、何なの？」

「柔道だが」

「黒帯？」

「まあな」

「訊きにくいこと訊くけど……」

「何だよ」

「で、本当に強いの？」

敏三は、「ウーン」と唸って苦笑した。

「強いぞ、と言いたいところだがなぁ、歳だからなぁ」

納得したように奈々ちゃんが肯く。

「そりゃあ、そうだよね、もう若くないもんね」

「まあ、そういうことだ。でも、何でそんなことを訊くんだ？」

「それはね、脅迫状、たぶん十段さんのとこにも来ると思うからよ」

「わしのところにもか」

「そう。それだけじゃないよ、十段さん、襲われるかも」

「わしを襲うのかい、そのストーカーが？」

「そう」

「堀越さんでなく、わしを襲うって言うのかい？」

「そう。ママと一緒にいる人はみんな狙われるよ」

「二人一緒の時だな?」

違うよ、と奈々ちゃんが首をまた振る。

「二人の時が一番危ないと思うけど、十段さんが一人の時にも襲われるかも知れないよ。たとえば、ママを送った帰り道とか」

「おいおい、わしを脅《おど》かそうとしてるのか」

と、敏三は笑った。

「真面目に言ってるの。あたしだってね、帰り道に襲われたことあるんだから」

「おいおい。脅迫状だけじゃあなくてか?」

「うん、本当だよ。雨の日だったけど、後ろから自転車でスーッと来てさ、カミソリでレインコート、スパッと切られたんだから」

「自転車で、か」

「そう、自転車で。あれって、走って来ても音がしないから気がつかなくてさ」

「そりゃあただ事じゃあないな。それこそ警察に届けないと駄目だろうが」

「届けたって駄目よ、また芝居《しばい》してって、言われるだけ。だから、十段さんも気をつけて。お年寄りだからって安心出来ないんだからね。女の格好してる私だって狙われちゃうんだからさ」

「わかった、頭に入れておく」

奈々ちゃんは笑顔になり、ハンドバッグから『大松』で見せてくれたスタンガンを取り出して敏三の前に置いた。

「これ、持ってて。いざという時に役にたつから」

敏三はこの男娘の優しい心持ちが嬉しくなった。

「要らんよ、そいつはきみの大事な護身用具だろうが。きみが持っていなさい、わしは大丈夫だから」

「駄目だよ、いくら柔道が黒帯だっていってもね、若い奴には勝てないよ。ママを護るためにも持っていて。あたしはもう一つ買うから」

この男娘はただの柔道経験者の年寄りだと思っているのだ。敏三は真剣な奈々ちゃんの顔を見て何だか心の中が温かくなった。不要だと言いたいところだが、そんな気持ちを傷つけたくもなかった。

「わかった……その代わり代金は払うよ」

奈々ちゃんが嬉しそうに笑って言った。

「代金はいいよ、その代わり、いつかどこかで美味しいものをおごってもらうから」

「ほう、あんたとデートか。そいつは楽しみだな、わしが若い娘さんとデートするって言ったら、孫のやつが仰天するわな」

と敏三はガハハと笑った。

九

落ち葉や飛んできたゴミを掃《は》き、墓を清め、駅前の花屋で買って来た花を花差しに差すと、敏三は砂利道《じゃりみち》に新聞紙を敷いて腰を下ろした。担いできた鞄《かばん》から弁当を二つに日本酒の一合瓶を取り出す。弁当はコンビニなどで買ったものではなく、早起きして自分で作ったものだ。おかずには自慢の玉子焼き、辛口の鮭、切り昆布《こんぶ》などが入っている。二つの弁当の一つを墓石の前の花差しの隣に置く。さらに盃《さかずき》を二つ。口を開けた日本酒の一合瓶から酒を二つの盃に注ぐ。一つをまた花差しの隣に置き、

「……どうだい、今日は。うん、こっちは元気だ……体調は良いよ、医者もずいぶん良いデータだと言っておった……」

と亡妻の墓に語りかける。医者のデータの話はもちろん嘘っぱちである。相変わらず医師の厳命は無視して酒はたらふく飲み、脂肪もタンパク質も摂り放題、データが良いわけがないのである。

「しかし、ここは空気が良いなぁ、なんとも気持ちが良い」

と言いながら盃の酒を旨そうに飲み、二つの弁当の蓋《ふた》を取る。

敏三は『七つ星高校』の元校長の松本氏を訪ねるのと同じで、毎月一度、この亡妻の墓

を訪ねる。必ず弁当を二つ用意して、墓前で飯を食い、酒を飲むのだ。そして亡妻が安心するように、日常の報告をする。天国にいる亡妻が何もかもお見通しだとわかっていながら、この墓前で嘘八百の報告をする。

「やっぱり思いはかなうもんだなぁ、梅雨《つゆ》はあけんのにこの晴天だ、なんまんだぶ、なんまんだぶ」

梅雨があけるにはまだだいぶあるはずだが、天候異変かこの数日は初夏と言って良い気温の晴天続きである。亡妻が飲んだことにして、墓石の前の盃も空ける。また二つの盃に酒を注ぎ、近況報告を続ける。

「……そう、そうなんだ、用心棒をすることになってなぁ……」

と、敏三は堀越美奈子の護衛のアルバイトをすることになったいきさつを墓中の亡妻に報告した。

「……お巡りどもはみんな狂言だと言ってるんだが、一抹《いちまつ》の不安があってな。で、週に三日、その女性の護衛をしとると言うわけだ。なに、心配は要らんよ、手など出しはせんて。美人じゃ無いんだ、美人じゃ。それよりもな、何というか恐ろしく巨大な女性でなぁ、お巡りどもが言うように、とてもストーカーが追い回すような女性ではないんだよ。それなのに、どうして一抹の不安が？　それはだな、その堀越美奈子という女性が経営しとるパーマネント店に勤めておる娘、いや、男娘がだな、ストーカーは本当にいるんだと、そう言いおってなぁ。そいつがあんまり真剣なんで、ひょっとしたら本当にいるかも知れんな、と思ったわけだ。わしもそのうち狙われると、そうも言っておった」

もっとも奈々には相当脅されたが、この三週間、襲われるどころかただの一度もストーカーの気配は無かった。ただ店からマンションまで堀越美奈子を送り、そのマンションで茶菓子をご馳走になり帰宅する、これが週に三晩続いただけである。忍び寄る自転車も現れず、脅迫状が届くこともなかったのだ。

「……まあ、狂言でもかまわんさ、こっちは暇だし、運動にもなるからな。金にはならんが……そうだろう、狂言にしろ、こいつは人助けだ、とにかく怖がっていることは本当だからね」

一合の酒をあっという間に飲み干し、敏三は弁当に取りかかった。朝飯抜きだから腹は相当減っている。

「……旨いかい？　ちょっと砂糖を多めにしたんだ……」

と、厚焼き卵の味を確かめ、墓中の亡妻に語り続ける。

「鮭が辛い？　そんなことはないだろ、薄味のやつを買って来たぞ」

これも嘘である。辛口の塩鮭と確かめて買ったものだ。甘口の塩鮭では弁当に合わない。

「わかった、わかりました、塩分は控《ひか》えてますよ、控えて。醬油も減塩にしてます。本当だよ、わしはおまえさんにだけは嘘はつかない」

嘘つきここに極まれり。

「……ところで、タヌ子にな、魂消《たまげ》たことにボーイフレンドが出来たらしい……いや、本当だ、嘘ではないよ。そりゃあ年頃ではあるがね、なにせタヌ子だからな、そう簡単に男には引っかからないと思っていたんだが、どうやら本当らしい。だってな、今度そのボーイフレンドをわしの所に連れて来ると、そう言っておるんだ」

自分の弁当を食い終えると墓前に置いた亡妻分の弁当を取り上げる。結局、酒も弁当も二人分食うのである。

「それは目出度《めでた》い？　そうかね、目出度いかねぇ……」

と、敏三は思案顔になる。孫の雄一郎に彼女が出来たと聴かされても何にも感じなかったが、孫の珠子にボーイフレンド、と聴くと、何故か嬉しくはない。願わくば、男らしい男であって欲しいと思う。昨今、そんな男がいるか、と思うと、不快ははっきりしたものになる。そんなのが、いるわけがない。

「まあ、たしかになぁ、タヌ子は美人でないからなぁ、目出度いのかも知れんが……」

珠子は美男の父親にも超美人の母親の美智子さんにも似ていない。気の毒に、隔世《かくせい》遺伝か、似ているのは祖父の敏三なのだ。それが不憫《ふびん》で、早く良いボーイフレンドでも、と思ったものだが、いざ男友達が出来たと聴くと、何となく面白くないのは、珠子が自分の分身のように思えるからかも知れない。

「さて、帰るか……寂しいだろうが、今度はタヌ子でも連れて来るからな、おまえも元気にしていてくれよ。なあに、わしの心配は要らんよ、医者にもちゃんと通っているし、食後にはちゃんと薬も飲んでいるし……あ、薬、持って来るのを忘れた……！」

家に帰るには私鉄を二つ乗り継がなくてはならない。霊園前からバスに乗り、まずは三十分ほど私鉄でターミナル駅に向かう。そこからまた私鉄に乗り換え『七つ星駅』へ。これが帰宅のルートだ。

二人分の弁当を食ったので眠たくて仕方が無い。電車に乗ると目覚ましに何かないかと敏三は考える。最初の私鉄は都心に向かうためか、昼になっているのにけっこう混んでいる。車内は七分の混みかたである。この混み具合が退屈な敏三には一番良い。空いていれば席に座って向かいの席に居る女性たちを眺めて得意の鑑定を始めるのだが、七分の混み具合ではそれも出来ない。その代わり、特別な楽しみ方がもう一つある。

敏三はディーパックを左肩に掛け、よたよたと車内を進んだ。

「ごめんなさいよ、ちょっと失礼……」

人の間を避《よ》けながら、よたよたと連結部に進む。目指すのは優先席である。もちろん座りたいために優先席に向かったわけではない。第一、今時、年寄りが来たからと席を譲る若い乗客などいない。亡妻に癌《がん》が見つかり、医師から余命一年と告げられた頃、電車に乗り、何とか座らせたいと席を探したが、病み疲れた妻のために席を譲ってくれた若者はいなかった。

同じ頃、自分があと一年の命と知った亡妻の望みはヨーロッパ旅行で、敏三は妻を連れて生まれて初めて海外旅行をした。その時まわったのはウィーン、ロンドン、パリ、バルセロナ……。体のこともあるからとほとんどはタクシーを使って街を見て廻《まわ》ったが、

「地下鉄に乗ってみたい……外国の地下鉄……」

と亜矢子は言い、ロンドン、パリと何度か敏三たちは地下鉄に乗ったのだ。嬉しいことにロンドンでもパリでもその国の若者たちは日本から来た老夫婦のために率先《そっせん》して席を譲ってくれた。だが、何故か日本は違った。年寄りが側にいても席を譲る若者は十人に一人、いるかどうか。敏三たちが廻った国々の地下鉄には優先席などなかったが、それでも親切な若者たちに、なかには結構な年配の乗客にも席を譲ってもらったのだった。

日本に優先席が出来たのはいつの頃からなのだろうか。その時期を敏三は知らない。敏三の子供の頃には優先席など無かった。それが出来たのはどうしてなのか。年寄りを見てもたぶん若い人が席を譲らなくなったからだろう、と敏三は思う。優先席など作らなくても、敏三が子供の頃はみんな年寄りが来れば席を立って譲ったのだ。

それはおそらく親からそう躾《しつ》けられたからだろう。子供たちは親に言われ、そうするも

のだと、知っていたのだ。だが、親がそんな躾《しつけ》をしなくなり、そんな子供たちは大人になっても弱者に手を差し伸べるという常識を失った。その結果、優先席が出来たのではないか、と敏三は思う。

調べたわけではないから、これは間違っているかも知れない。そして出来た優先席に、何と今では弱者で無い若い人たちが座っている……これが日本の現実なのだ。さすがにこれではまずいとアナウンスなどで『席を必要とされる方に、席をお譲り下さい』などと腰の引けたことを言っているが、そんなアナウンスに耳を傾ける若者などいない。誰もがどこ吹く風だ。つまり若い人はいつの間にか年寄りの敵になってしまった……。いつかテレビで、何かに成功した若い男が出ていて、

「代わってくれと言えば代わってくれますよ」

と、優先席問題の座談で言っていた。ゲストは笑っていた。敏三はブラウン管を蹴飛ばしたくなった。馬鹿者。年寄りに何故そこまで言わせる！　そう言いたくても言えない年寄りがいるだろう。年寄りにもそれなりのプライドがあるとは思わないのか。

「いえ、怒るんですよ。プライドがあるんですかね、席を譲ろうとすると年寄りあつかいするなと、逆に切れたりして」

と違う番組ではそんなことを言っている若いタレントもいた。だが、『ふざけるな！』そう怒って叫ぶゲストは一人もいなかった。苦笑して納得しているゲストがほとんどだっ

た。バカを言え！　言い訳にもならん言い訳をしよって。話は簡単だ。元気な者は優先席などに最初から座るな、バカ者！　と言うゲストは一人もいない。敏三は、いったい何でこんな日本になってしまったのか、と思う。こんな日本に誰がした。しからば実力行使。これがへらへら笑っていたその番組の出演者たちに対する敏三の答えだった。

敏三はよたよたと優先席に近づいた。左右六席。右手の席の前には人が立ち、座席にどんな乗客が座っているのかは見えない。左手には立っている客はいない。七十歳くらいの年寄りの女性が乗降扉の近くに寄りかかっている。歩きながら座席を眺めた。いるいる。扉近くの優先席に三十歳くらいのサラリーマン風の男性、隣はまだ二十歳そこそこの女性、連結の近くに六十歳くらいの太った女性が目を閉じているが、もちろん席を譲る気配は微塵《みじん》も無い。若いサラリーマン風と隣の派手な娘は携帯を片手にカチカチとやっている。この二人、当たり前だが、敏三が近づいても顔など上げない。

どちらにするか……敏三はサラリーマン風の前に立った。まず吊革につかまり、駅を確かめた。降りるターミナル駅は二つ先だ。この頃合いが実は大切なのだ。つまり優れた攻撃者は脱出を考えてから攻撃をする。これ、孫子《そんし》の兵法。そんな兵法は無いかもしれないが、まあ、あるとする。

吊革につかまった敏三ははす向かいに座る若い娘を見た。娘のほうが気配を察して敏三をチラッと見上げる。もちろん席を譲る気配などない。その目は不快そうだ。すぐに携帯の画面に視線を戻す。

敏三は目の前のサラリーマン風に視線を移した。こちらは顔も上げない。彼が見つめる携帯画面に映っているのはゲームだ。敏三はそのサラリーマン風の足下を観察した。なかなか良い靴を履いている。先端の尖《とが》った黒の革靴で、高級品とは思えないが、良く磨かれたお洒落な靴だ。なるほど着ている黒のスーツもネクタイも洒落ている。よくよく見るとかなり体も大きい。顔が敏三の胸より上だ。敏三は自分の靴を見下ろした。くたびれた革靴で、磨かれた形跡の無いボロ靴である。

にんまり笑うと敏三はその靴でしっかりとサラリーマン風の革靴を踏んづけた。しっかり踏んで、グリグリと捻る。驚愕で顔を上げたサラリーマン風の顔が憤怒に赤くなる。

「ああっ、失敬、失敬」

と敏三は慌てて謝る。サラリーマン風は怒りの目を敏三から離さない。敏三は知らぬ顔でサラリーマン風の頭越しに車外の景色を眺める。次の駅に着くまでサラリーマン風は敏三を睨み付けていたが、敏三が景色を眺めているのに諦めたのか、また携帯に視線を戻す。敏三は左肩に掛けていたディーパックを腕の肘近くまで下ろす。電車の振動が吊革につかまった腕の半《なか》ばまでディーパックをずり下げる。ディーパックがサラリーマン風の顔の前でブラブラと揺れる。ここが難しいところで、ディーパックは顔に当ててはならない。当たりそうにはなるが、当たらないところがテクニックである。サラリーマン風が手

でディーパックを払い除《の》け、

「おいっ、あんた、こいつを……」

と憤怒の形相《ぎょうそう》で叫ぶと同時に、電車が次の駅で止まる。このタイミングが大事なのである。停車のショックは運転士の腕が確かなので小さなものだが、年寄りには堪《た》えられない、という演技で、敏三は、

「おおっと、失礼……」

とサラリーマン風の腹の上に倒れかかる。左手は吊革から離れ、右手が空を掴む感じでサラリーマン風の顔面に向かう。もちろん拳でサラリーマン風を叩くようなことはしない。代わりに右肘が瞬間、しっかりサラリーマン風の顎に刺さっている。

「いやぁ、失敬、失敬……ああっ、駅だ、どうも、どうも、ごめんなさいよ」

と敏三は体勢を立て直し、慌てて停車した扉から駅に降り立つ。サラリーマン風は何も言わない。否、凄まじい衝撃に何も言えないのだ。ひょっとすると顎の骨が折れているかも知れない。もちろん他の乗客にはそれはわからず、わかっているのは被害を受けたサラリーマン風だけである。電車が発車して、サラリーマン風が衝撃と激痛から我に返った頃には、敏三はよたよたとではなく元気に乗り換えホームに向かって歩いている。

　こんなことが出来るのも、敏三が一級の演技者だからだ。電車の中に監視カメラが導入されても、まずこの行為は偶然の出来事となる。意図した出来事ではなく、サラリーマン

風の顎が砕けたかも知れない出来事はあくまで事故である。

そう、敏三は兇暴爺《きょうぼうや》なのだ。

サラリーマン風は辻斬りに遭ったようなものである。神様がこの光景を眺めていたら、サラリーマン風に、こう言うだろう。

「お気の毒に。お年寄りはみんな好々爺《こうこうや》とは限らないのですよ、なかには兇暴爺もいるのです。お大事に」

そしてため息をついて言うに違いない。

「でもね、敏三さん、あなたのやったことは世のためになってはいませんよ。何故なら、優先席に座っていたサラリーマン氏は、自分がどうして顎を肘打ちされたのかわかっていないのですから。ただおかしなお爺さんが前に立ち、電車が停まるたびによろよろして、その挙げ句に倒れ込んで来て肘が顎に当たった……なんてツキが無い日なのか、と思うだけ。罰《ばち》が当たったなどとは考えません。だから改心などしないのです。要するにあなたがやったことはただの暴力行為」

乗り換えのためにホームをすたすたと歩く敏三は、神様のお言葉が聞こえないからか、えらく楽しそうである。よたよた歩いて見せたのは電車の中だけ。

そもそも敏三は自分が社会正義のために優先席に座る若い連中をこらしめている、などとはなから考えてはいないのだ。敏三が考えているのは、自分が年寄りたちの代弁者だということぐらい。自分も歳をとったが、有り難いことに立っていても辛くはないし、歩くことも苦ではない。外見はもう立派な七十代爺いだが、体は元気だ。

だが、普通は七十代となれば肉体は衰《おとろ》える。気力も一緒に衰える。歩くのも辛いし、揺られる電車の中で立っているのも辛くなる。だからなるべく座りたい。それなのに優先席には若い連中が平然と座っている。年寄りはそれを眺め、歯がみする。何で元気な若い奴らが座っているのだ。だが、悲しいことに文句が言える年寄りはほんのわずかしかいない。日本人の情けないところで、トラブルになるのをどうしても避けたくなるのだ。相手が大人しく言うことをきいてくれれば良いが、そもそもそういう若者なら最初から優先席になど座らない。

「なにっ！」

と言われて喧嘩にでもなったら、確実にやられる。若い頃なら負ける筈がないのに、と思うだけ。これも悲しいことに夢の話で、若い頃だって強くはなかった。悲しいことに歳を取って、戦う力も気力も無い。だから誰も文句を言えず、せいぜい呪詛《じゅそ》の目で睨むだけ。睨む度胸すらすでになく、すごすご優先席から離れて行く年寄りもいる。そんな心の中は屈辱だけだ。そんな屈辱感が嫌で、最初から優先席から離れた所に乗る年寄りもいる。だが、老爺も老婆も心中、思いは同じだ。平然と優先席に座る女性を見た老婆は、

「うちの嫁があんな女でなくて良かった」

と、自分を慰《なぐさ》めるかも知れない。あるいは、

「うちの嫁と同じ!」

とさらに怒りを募《つの》らせるかも知れない。老爺なら、

「若い頃ならぶん殴《なぐ》ってやったのに」

と、ありもしなかった空想で自分を慰めるか。それでも老爺も老婆も思いは一つ、同じである。

「元気だったら、あいつらの頬の一つも張り飛ばしてやりたい!」

悔しい、悲しい、恨めしい……。いくらか度胸のある年寄りが出来るのは、ほんとうに睨むことだけ。ああ、あの連中の頬を張り飛ばせたら……。それなら代わりに私が、と頼まれもしないのに出て来たのが敏三なのである。張り飛ばしたら警察に捕まってしまうから悪知恵を働かせて事故を演出する。よろけたふりで靴は踏む、腹の上に肘から倒れて相手を悶絶《もんぜつ》させる。狙った獲物《えもの》が女性の場合はさすがに肉体的なダメージは避けて、靴墨を塗ったスポンジを手に、

「おおっと、危ない、すみません! お嬢さん、すみませんね、ごめんなさいよ」

と、頬の辺りに倒れかかり、ほっぺたに靴墨を塗りつけて立ち去る、なんてこともやる。一度などは優先席で化粧をする女性を見つけ、上手く倒れて相手の手にした口紅を直撃。口紅が唇から耳までひかれて哀れ女性は口裂け女に変身。乗客が女性の顔を見て爆笑

の渦《うず》になった頃には敏三はホームをゆうゆうと歩いていて、なんてこともあった。

要するに問題老人で正義の使者とは縁遠いのが敏三なのだ。それに第一、敏三はテレビのコメンテーターが口にするような社会正義などというものはまったく信用していない。社会正義なんてぇものは、時と場合でいくらでも変わるいい加減なものだと思っている。昨日の正義はいつの間にか悪になり。戦争だって勝てば英雄、負ければ戦犯。勝てば官軍も同じ名文句。徳川慶喜《とくがわよしのぶ》がちとましな男であって幕府が勝っていたら、志士たちは皆テロリスト。こんなに当てにならないものはないと、そう思っている。

だから、自分のやったことであのサラリーマン風が改心することなどないことは十分分かっている。無念と、優先席を睨むことしか出来ない年寄りに代わってちょいといたずらを、と、その程度のノリ。

「まったく困ったお人だ……まさに問題老人」

と神様は嘆《なげ》くだろう。仮にそんな神様のため息が聞こえても、敏三は平気である。そもそも敏三は罰当たりなことに神も仏も信じていない。

「ありゃあ嘘だな、世の中、神も仏もおりゃあせんよ」

亡妻が癌を宣告された時に敏三は神と仏に泣いてすがった。嫁さんを助けてくれたら自分が代わりに死んでもいいから、とあらゆる神様に祈ってまわった。何の効果もなかった。だから信心は止めにしたのである。

敏三は『七つ星駅』に向かう私鉄に乗り換えると、がっかりした。下りの電車は空いていて空席ばかり。肝心の優先席には若者はおろか年寄りも座っていない。獲物のみつからない老いたライオンの気分。仕方なく座席に腰を下ろし、得意の女性鑑定を実行しようと向かいの座席に目を走らせたが、これも不発。若い女性は一人も居らず、向かいに座るのは自分に似た爺いが数人。敏三は大きなため息をつき、仕方が無いから寝ることにした。

十

敏三はかしこまって座る横川譲二《よこかわじょうじ》という青年を観察した。敏三が見つめているとわかると、青年はニッと笑って見せる。だがその笑いは引き攣《つ》っている。目の前に置かれている生姜《しょうが》焼きの皿は三分の一も減っていない。微《かす》かながら箸を握る手が震えているように見える。隣の珠子に視線を移す。こちらはがつがつと唐揚げを口に運んでいる。唐揚げの隣の皿にはちょっと前までは鯵《あじ》フライが載っていたが、今は付け合わせのキャベツがほんの少し残っているだけだ。青年のサワーグラスの焼酎は減っていないが、珠子のグラスは氷だけ。

場所は行きつけの居酒屋、否、小料理屋の『大松』である。開店間際なので店は空いている。顔見知りが二、三人。カウンターに一年前に妻君を亡くした陰気な歯医者、もう一人は四十代のサラリーマン。今日の敏三はテーブル席に座っている。

敏三は凄まじい勢いで唐揚げを平らげて行く珠子から今度は視線をカウンターの中の大松夫婦に移した。女将の唄子さんとご亭主の健夫氏が支度の手を止め、興味津々といった眼でこちらを見ている。この夫婦も今日の敏三の客が誰なのかを知っているのだ。もう一度視線を横川という青年に戻す。青年が怯《おび》えた顔で、また引き攣った笑顔を見せる。それにしても……と、敏三は思う。この青年は二枚目過ぎる。髪は短いスポーツ刈りだが、顔はえらく色白で目元もぱっちりしている。どこかで見たような顔だと、

「これが先輩の横川さん」

と、珠子から紹介された時に思ったが、やっとそれが誰なのか思い出した。今でこそでっぷり太って三枚目風にバラエティーなどに出ているが、昔は日活《にっかつ》を背負って立っていた二枚目俳優、あの高橋英樹《たかはしひでき》の若い時と良く似ているのだ。背丈は百八十センチはあろうかと思える長身で、これで空手部の主将だとはとても思えない。だいたい空手は体格の恵まれない奴がやる格闘技ではないのか？

そうなのだ、珠子がボーイフレンドだと連れて来たのは、何と珠子が自由組手をして肋《あばら》を叩き折った、という大学の先輩だった。段位は珠子と同じで二段だそうだが、

「うちの道場だったらいいとこ茶帯だね」

と以前はバカにしたようなことを言っていたのに……。それなのに、今はボーイフレンドだと抜かす。敏三は珠子から、

「お見舞いだよ、ちょっと気の毒だからさぁ」

などと言って一万円を持って行かれたことを思い出す。そんな珠子が、

「じいじー、お代わりして良い？」

と、氷だけになったグラスを手に取って見せる。

る。

「じいじに似てるからさ、こんなもんじゃあ酔わないよ」

と、恐ろしい返事が返ってくる。珠子はカウンターの唄子さんにグラスを掲げて見せ
「三杯目だぞ」

「お代わりお願いしまーす！　同じやつ二つ！」

横川青年が不安そうに隣の珠子に視線を走らせる。その視線に、

「あれ、譲《じょう》さん、飲んでないね」

と、答える。今まで横川先輩とか、ただ先輩と呼んでいたのに、『譲さん』と言う珠子に敏三の目が大きくなる。こいつら……どんな程度の仲なのか？

「緊張してる？」

と、青年に聴く珠子が、今度は敏三に言う。

「先輩が緊張してるよ、じいじー。何か話してやってくれないかなぁ。彼、シャイでさぁ」

青年が慌てて言う。

「あの……おじい様は、いえ、三船さんは、武道の達人だとか……」

「ん？」

珠子が青年の生姜焼きの皿を引き寄せて言う。

「じいじはね、藤田進だよ、藤田進」

「は？」

青年は当然ながら藤田進などという俳優を知らない。

『姿三四郎』をやってた俳優。黒澤明の映画で」

と珠子が生姜焼きと付け合わせのキャベツを頬張りながら解説する。

「……姿三四郎ですか……」

どうやらこの青年は藤田進だけでなく姿三四郎という名も知らないようだ。まあ、現代の若者が姿三四郎を知らなくても仕方が無い。助けてやる気持ちで敏三が説明した。

「富田常雄《とみたつねお》という人が書いた小説でな、その小説の主人公の名が姿三四郎と言うんだよ。だが、こいつはただのフィクションではなくてな、姿三四郎のモデルがちゃんと講道館にいたんだ。得意技は山嵐。で、作者の富田常雄の父君は実際に富田なにがしという講道館高弟《こうてい》で、四天王の一人でな」

「はあ……」

わかったようなわからないような引き攣った笑みをまた浮かべる。この話題は青年には無理とわかって、敏三は話を変えた。

「それより、あんた、何で空手なんかやろうと思ったんだ？　そんなに立派な体してるんだ、どうせ何かやるんなら柔道のほうがいいだろうが」

もっと若い頃からガンガン稽古をつけて体を作れば、かなり良い柔道選手になったかも知れない、と敏三はジロジロと青年の体を観察する。うーむ、重量級でいけそうだ。

「柔道は……ちょっと……」

と、横川青年は口ごもって答える。

「ちょっと、何なんだ？」

「やることはやったんですが……高校に入った時……」

「ほう」

「でも……寝技が嫌で……なんか男同士で畳の上で抱き合うって……ちょっと抵抗がありまして……で、止めました」

なに、抱き合う？　男同士で抱き合うのが嫌ということは、女ならば良いということか。自分が好色なのを棚に上げて、敏三は疑念の目で青年を見つめた。

「今度、その、富田常雄という人の『姿三四郎』を読んで来ます」

緊張ここに極まれり、という風情で青年が言う。

新しい焼酎のオンザロックが二つ運ばれて来た。

「あのぉ、串カツって出来ます？」

と、珠子が焼酎を運んで来た唄子さんに尋ねる。

「出来ますよ」

「じゃあ、それもお願いしまーす」

敏三は呆れて珠子を見つめた。仕方なく、ため息をつくと、敏三は当たり障《さわ》りのない質問をすることにした。

「あんたは、ご兄弟はいるのか？」

「はあ、兄が一人」

と、横川青年。

「そのお兄さんも何か武道をやっていたのかい？」

「いえ、兄は、ひたすら勉学一筋の男でして……今は、父と同じで役人をやっています」

「へえ……じゃあ、あんたのお父さんも公務員？」

「はい」

珠子が新しく来た焼酎をがぶりと飲み、青年を助けるように口を挟む。

「あのね、先輩のお父さんは、文科省の次官だよ」

あまり世の中のことを知らない敏三でも、次官が公務員のトップであることぐらいは知っている。ひょっとするとこの青年は名家の子息なのか……？

「ちなみに、彼のお父さんは東大出で、うちの親父と同期なんだってさ。後で知ったんだけど、偶然だよね。まあ、うちの親父も警察官だけど、官僚ではあるからね」

珠子が楽しそうにそう解説してくれた。

「お父様は警視総監候補であると、珠子さんから伺《うかが》っております」

何とか敏三の機嫌《きげん》を取ろうと、青年はまるで逆効果の話題に足を踏み入れる。

「そいつはわからんよ」

と、敏三は仏頂面《ぶっちょうづら》でそう応えた。珠子が笑って言う。

「あのね、譲さん、じいじはね、うちの親父が嫌いなの」

「ええっ？」

「ねえ、そうだよね、じいじ。親父は一人息子なんだけどさぁ、この親子って仲が悪いの」

さすがにたまりかね、敏三は珠子を睨みつける。

「タヌ子、それは違うぞ。わしは息子が嫌いなわけじゃない。あいつが母親っ子だっただけよ」

肝心な話の中身を聴かず、驚いたように青年が珠子の顔を見る。

「タヌ子？」

「なによ」

と珠子は青年を睨みつける。敏三は急に楽しくなった。タヌ子を怒らせると面白い。

「なによ、ひとをじろじろ見て！」

きつい珠子の言葉に慌てて青年が敏三に視線を移す。その顔に向かって敏三はニヤリと笑って言った。

「あんた、何、考えてる?」

「はぁ?」

「思ったことを当ててやろうか。君は今、珠子を見て何かに似てると思っただろ?」

青年が真っ赤になって言った。

「何も、何も、思っておりません!」

「いいや、思った。嘘はいかんよ、嘘は。嘘つきは泥棒の始まりだぞ」

「本当です! 何も、思っておりません!」

真っ赤になった顔が面白くて、敏三はなおも追及の手を休めない。

「わしは今まであんたは正直者だと思っていたんだがなぁ」

珠子が怒りの形相で敏三に食ってかかる。

「じいじ、私が狸に似ているって言いたいんだよね。いいよ、狸で。でもね、私はじいじ似なんだからねっ! つまりじいじは古狸ってことだよ!」

「違いない」

青年の真っ赤な顔が今度は蒼褪めたものに変わっている。

「そんな、そんなことはありません……珠子さんは……とても可愛くて……自分は……とても美人だと……」

珠子が腐った顔でため息をついた。

「先輩、無理しなくていいよ、美人はないよ、美人は」

「いや、ほんとに、ほんとにきみは……」

敏三は二杯目のグラスに口をつけた。辛口の焼酎がとても甘く、旨い。テーブルの向かいで、

「無理すんな」「いや、本当だってば」

と言い合う二人を眺め、やたら大きな男とチビ女だが、案外このカップルは行けるかも知れんなぁ、と敏三は幸せな気持ちになった。亡妻が隣にいたら多分こう言うだろう。

「若い人って良いわねぇ。私たちの昔を思い出しちゃう」

それは違うだろう、と敏三は心の中の亡妻に囁く。

「狸は男のほうで、美人が女のほうだったぜ」

ガーッと三杯目の焼酎を飲み干した珠子がまたグラスを差し上げて、

「女将さん、もう一杯！」

と叫ぶ珠子に、

「おいおい、悪酔いしてもわしは面倒みんからな。そいつはこの青年の役目で、じいじじゃないからな」

と念を押すと、珠子は青年を見てニッと笑い、言った。

「先輩、あんたの役目だってさ、悪酔いしたら。じゃあ、安心して飲めるね」

青年がまたまた引き攣った笑みで、すがるように敏三を見つめた。

ほんわかとしたこの若者たちのやりとりでその夜の新しい珠子のボーイフレンドとの出会いは終わらなかった。それどころか、熱々の串カツがテーブルに運ばれた時から事態は急変したのだ。敏三が、

「あのなぁ、青年よ、わしの孫はな、悪酔いすると始末が悪くてなぁ、後は頼むぞ、わしは知らんからな」

と焼酎をあたかもビールを飲むように喉に流す珠子を眺めて言った時から青年が変身したのだ。

「本当ですか？」

「ああ、本当だ」

「どんなふうになるんでしょうか？」

「唾を吐いたりする」

「唾を……！」

「気に入らない相手に喧嘩をふっかけたり」

「ええっ！」

堪りかねたように串カツにかぶりついた珠子が言う。

「酔ってからんだりしたのはたった一度きりでしょう！　止めてよ、譲さん本気にするよ」

「ここの駅前でも、チンピラの顎を蹴りあげたりしたなぁ」

「……」

脅かし過ぎたのが悪かったのかも知れない。横川青年が突然それまで舐めるようにしか飲まなかった焼酎のウーロン割を一気飲みしたのだ。

「……もう一杯、いただきます……」

一杯どころか立て続けにジョッキ三杯の焼酎を飲み干すと、突然、悪酔いが始まった。もっとも、青年の悪酔いは珠子とは全然違った。べつに喧嘩っ早くなるわけではない。それは完全な泣き酒だった。

「ぼくは……ぼくは……」

という台詞からそれは始まった。

「ぼくは……オリンピックを目指していたんです……」

「オリンピック？」

「はい、オリンピックですよぉ」

「何の種目で？」

バカな質問をした、とすぐ気づいたが、遅かった。ガバッと机に突っ伏し、

「空手で金メダルを……取ってやるつもりでした……それが、それが……」

と泣き始めたのだ。横川青年のこんな悪酔いを初めて見たらしく、珠子が唖然として目を丸くしている。

「ぼくには才能がない、本当に才能がない、それがわかって、ぼくは、ぼくは」

コリアン・ドラマのメロドラマで男優が泣いて見せるのと同じくらい青年の涙が盛大に頬を伝わる。そりゃあそうだ。オリンピックはそんなに甘くはない。いや、日本選手権だって甘くない。この珠子だって優勝は出来なかったのだ。もちろん、敏三も日本選手権など手が届く柔道家ではなかった。土台無理な願望である。

「あのね、譲さん、そんなに悪くないよ、ほんと、突きは駄目だけどさ、蹴りは悪くないって。スピードがつけばけっこう行けるって」

余計なことに、褒め言葉にも慰め言葉にもならないようなことを珠子が言い、青年の落涙はいっそう激しいものになった。

「駄目だよ、駄目。珠ちゃんにも簡単にやられて……才能がまったくない……ぼくは、ぼくは」

「でもさ、譲さん手足が長いじゃん、ね、松濤館はさぁ、間合いを大きく取るからさ、手足長いほうがずっと有利なんだしさぁ」

「だって、珠ちゃんにやられた……」

「そりゃあ仕方ないよ、学校じゃあ譲さんが先輩だけど、空手はさ、わたしのほうが先輩だしさ。それに、わたしは、ほら、ここにいるじいじの孫だから生まれた時から天才なんだしぃー。藤田進の孫だしさぁー」

「藤田進?」

「そう、姿三四郎」

「ぼくは……姿三四郎も知らない……」

悪い慰め方はその後もずっと続き、落涙は止むことがなかった。大の男がわんわん泣く姿にカウンターの中の唄子さんもそのご亭主も唖然として敏三たちを見つめ、いつも陰気な顔で一人飲んでいる中年の歯医者も、魂消《たまげ》た顔で、手にしたビールのジョッキが宙に止まっていた。

結局のところ、言葉を失った敏三は、突然テーブルに顔を打ち付けてつぶれてしまった横川青年を担いで駅前のタクシー乗り場まで運ばなければならない羽目《はめ》になった。

「悪いね、じいじ」

悪酔いするはずが、青年に先を越されて素面《しらふ》になった珠子に、敏三は一万円札を握らせ、

「一人では帰せんだろう、送って行くか?」

「うん、そうする」

「それにしても……案外かしこい奴だな……」

とため息をついて、珠子が乗り込むタクシーを見送った。相手が悪酔いするとわかって、それに対抗するには自分がしっかり素面《しらふ》でいることではなく、相手より先につぶれてしまうことなのだ。これまた、孫子の兵法。横川という青年、なかなかの戦略家と言わねばなるまい。

「まったく……また一万円を取られてしもうた」

そう愚痴《ぐち》ると、敏三はもう一度『大松』に引き返した。すでにジョッキ三杯の焼酎を飲んでいたが、完全に酔いが醒《さ》めてしまったからだ。すごすごと引き返して来た敏三に、女将の唄子さんが言った。

「素敵なお孫さんと彼氏ですねぇ」

敏三は、

「泣きたくなるくらい素敵な彼氏だったよ」

と、改めてカウンターに腰を下ろした。

十一

日曜日。敏三はいつものように朝の日課である腕立て伏せを五百回、立木に回した帯を手に腰の打ち込みを百回こなし、朝風呂に入った。朝寝、朝酒、朝湯は小原庄助《おはらしょうすけ》さんでなくても大好きな敏三である。

風呂から上がると縁側で爪を切る。足の爪も手指の爪も、深爪と思われるほど短く切ってヤスリをかける。これは柔道家なら誰もがやることで、爪が伸びていたら襟や袖を取る時に爪を剝《は》いでしまう恐れがあるからだ。今では道場で乱取りをすることもないのだが、これは長年の習慣である。

爪切りが済むと朝飯の支度だ。朝稽古の前に電気釜のスイッチを入れておいたから、もう炊きたてのご飯が出来ている。

いつものようにおかずを冷蔵庫から取り出す。塩辛、昆布の佃煮、茄子の漬け物、納豆などが食卓に並ぶ。どれも医者から塩分が多いと固く禁じられている食品だ。糖尿病の進行で腎臓をやられ、塩分もタンパク質もとことん減らすように厳命されているが、なかなか守れない、と言うか……守らない。それでも醬油だけは減塩にしてあまりかけないようにしている。医師から言われていなければ、塩鮭にも醬油をかけたくなるほどの辛いものが好きな敏三である。

あまり代わり映えはしないが、得意の厚焼き玉子も作った。醬油と砂糖は使ったが、さすがに塩は入れていない。ただ、卵は四つ使っているから禁じられたタンパク質は朝食だけでまる一日分以上摂取してしまう計算になる。

食事を済ませれば時刻はすでに昼の十二時近くになっている。さて、本日はどうするか。

なにせ競馬や競輪、パチンコもやらない敏三には日曜は特別することがない。昼はぶらぶらとトラブルを探して街を歩いて過ごせるが、夜が辛い。日曜だから今夜は堀越美奈子嬢の用心棒業はお休みである。酒も楽しく飲みたいが、馴染みの『大松』は定休日でやっていない。仕方がないからターミナル駅まで遠出をするか…などと考える。

そこで敏三は飲み仲間が誰かいないか、と友人知人の顔を思い浮かべる。昔はすぐに十人以上の友人の顔が頭に浮かんだ。だが……『おい、どうだ、今夜一杯やらんか』と声を掛けられる相手は今では二人だけに減っている。どいつもこいつも『あまり歩けないんだよ』とか、『三月に、心筋梗塞になってなぁ』とか言う奴ばかりになり、比較的元気そうだった二人も、飲み始めて一時間も経つと、『そろそろ帰ろうか』と言い出す。別に翌日仕事があるわけでもないくせに、『九時には家に帰らんと』などと言い出す相手では飲んだ気にもなれない。要するに、今夜もどこかで一人で酒を飲むしかすべのない敏三なのである。

用心棒業以外にも何かアルバイトでも探さないと……考えたりするが、八十近い爺いを働かせてくれるところなどあるはずもない。ローンを組みたくても「七十五歳までで」と言われてしまう。全世代総活躍などと政府は言うが、実態は活躍の場もそうありはしない。年寄りは散歩でも、と言うことになるのだ。

そうだ、と敏三がまず昼の過ごし方で思いついたのは散髪だった。考えてみるともう数ヶ月も散髪に行っていない。禿げ頭だから髪が伸びていてもさほど目立たないが、ターミナル駅まで出掛けるならさっぱりした気分のほうが良かろうと、敏三は早速駅前の理髪店に向かった。目指す理髪店は『バーバー・サトウ』である。バーバーなどというといかにも小綺麗な理髪店をイメージするが、『バーバー・サトウ』は理髪店と呼ぶのも恥ずかしいような汚い床屋だ。それでもそこが敏三の行きつけだというのは、『七つ星町』にはそこしか理髪店が無いからである。

バスで駅前まで出ると商店街の一番はずれにある『バーバー・サトウ』まで歩く。この店の散髪の料金は店の汚さに比べてかなり高い。さほど無い髪を刈って髭を剃るだけで五千円も取る。

「わしの髪の毛の量は若い奴らより相当少ないのだから値引きしてくれ」

と言っても、強欲な店主は百円すら引いてくれない。それでも律儀に敏三が『バーバー・サトウ』に通うのはそれなりの理由があるからだ。良い点などほとんど無いこの理髪店の唯一の取り柄は髪を刈るのが店主だけではないこと。

スタッフが、店主を含めて三人居るのだが、男は店主だけ。あとの二人は女性。その内一人は店主のかみさんだが、もう一人は若い女性なのだ。店主のかみさんだって歳はまだ三十をちょいと出たばかり。つまり運が良ければその女性スタッフに髭など剃ってもらえるという訳である。

髪を刈ったり髭を剃ったりするくらい誰でもいいように思うのは素人《しろうと》。至近距離で何かされるならば干からびた店主の佐藤為吉《さとうためきち》よりも溌剌《はつらつ》とした若い娘のほうがずっとよろしい。そして不思議なことにこの『バーバー・サトウ』の女性スタッフは二人とも玉子とじクラスの美形なのだ。

ちなみに、この主人の佐藤為吉なる人物は、敏三には及ばぬまでも、この『七つ星町』ではかなりの有名人なのである。いや、喧嘩が強いわけではない。有名なのはその女癖。今の三十ちょっとのかみさんは最初から数えると五人目の妻君なのだ。死別したのは最初のかみさんだけで、あとの三人は離婚。それぞれに一人ずつ子を成しているから子沢山でもある。そして当人は七十五か六になる老人なのだから、艶福家《えんぷくか》としてその名は『七つ星町』でつとに知れ渡っている。口の悪い街の男たちは嫉《そね》み妬《ねた》みもあって、

「あの爺いのどこがいいんだか、世の中にはおかしなことがあるよなぁ。ひょっとすると

ナニが特別製なのかもしれないぜ」

などと、悪口を言うが、たしかに不思議だ、と敏三も思う。七十半ばの老人でも魅力的な男はいるが、佐藤為吉には、少なくとも外見上、女性が好む要素はどこにも見いだせないのだ。

身長は敏三よりさらに五センチ低いちんちくりんで、体は肉も筋肉もまったくついていない出がらしの骨ガラ。顔だって貧相で、何やら動物に似ている。まあ、敏三はあの整形外科医からターザンとチーターの混合種と言われたわけだが、佐藤為吉氏は混合では無くまったくのニホンザル。いや、ニホンザルでも小猿と言ったほうが当たっている御仁なのだ。そんな貧相な小猿の老人が、二十代のピチピチした娘御に片っ端から手をつけて、せっせとかみさんを取り替えるのだから、やはりこれは『七つ星町』の奇跡というか、何というか……。

『バーバー・サトウ』までやって来た。薄汚れた看板に、『ロンドン帰りのバーバー・サトウ』と剝げかかった字の宣伝文句が書かれている。べつにイギリスに抑留《よくりゅう》されていたわけではない。ただ、人々がまだあまり外国旅行などに行けない時代に、理髪協会かなんかの団体旅行でヨーロッパ旅行をしたことがあるというだけだ。敏三も亡妻とロンドンを旅したことがあるが、そのロンドンが散髪の聖地だったとは知らなかった。で、ロンドン仕込みの散髪はどんなものかと言えば、別にどこも変わらない。トニック類やローション類はどれも市販の銘柄だし、特別にロンドンらしい雰囲気はどこにもない。

それでも今日は何とか若い娘さんに髭など剃ってもらえないかと淡い期待で敏三は店の前に立った。扉に『本日休業』という紙が貼られていて、アレレ、となった。今日は月曜日か……？　月曜日は定休日である。日曜だと思っていたが間違ったか……敏三は自信がなくなった。認めたくないが、勤めをやめてから曜日の記憶がかなり怪しくなっている。

すると横の路地から店主の佐藤為吉氏が、携帯を片手に乳母車を押しながら冴《さ》えない顔で出て来た。額に大きな絆創膏《ばんそうこう》を貼っている。

「おう、為さん、あんた、今日は月曜かね？」

という敏三の問いかけに、

「あ、三船先生……」

「今日は月曜で休みかい？」

「あ、今日は日曜ですよ。ですが……今日は、ちょっと取り込みがありまして」

以前から思っていたことだが、この小猿のおやじは何とか言う俳優に似ている。その名を思い出せないまま何年も経ったが、突然その俳優を思い出した。堺駿二《さかいしゅんじ》だ！　昭和の『喜劇の神様』と呼ばれた喜劇俳優である。男の癖におばあさん役などを演じさせると、それは上手いものだった。そう、有名な人気タレントの堺正章《まさあき》のお父さんでもある。

「ほう、取り込みか……で、お休み？」

「臨時休業で」

「なるほど」

納得して乳母車を見た。可愛い赤ん坊がすやすやと眠っている。五ヶ月くらいの男の子だ。

「お孫さんかね?」

しょぼくれていた小猿の堺駿二の顔が突然憤然としたものに変わった。

「違いますよ、先生、孫じゃあなくて私の子」

「ほほう、なるほど。こりゃあ失礼した」

この爺さんの歳を考えれば、三十ちょっとの若いかみさんを持つのもたいしたものだが、その娘のような女性に子供を産ませるのもまたたいしたものと言わねばならない。

「で、その絆創膏は? 怪我かい?」

憤然とした顔がまた哀れなものに変わった。

「茶碗を投げられたんですよ、女房に」

「茶碗を!」

「そうなんですよ、結構でかい茶碗で……痛いのなんの」

「そりゃあまたひどいね。いったい何事かね、夫婦喧嘩かい?」

「ええ、まあ、そんなもので……」

「茶碗を投げつけられるくらいなんだから、あんた、よほど悪いことをしたんだろうな、おかみさんに」

為吉氏がとんでもないと首を振る。

「いえ、大したことじゃあないんですよ。すべて誤解で。それをあいつ、勘違いしやがって」

敏三は疑り深い顔になって言った。

「あんた、またやったな？」

「やりません、やりません、誤解ですよ、勘違い」

何をやったのかと言わないうちに否定している。つまりまた店の若い娘に手を出したということか。

「わしは、あんたが何をやったかなんて、まだ言っておらんよ」

「あ、そうでしたか」

「要するに、またお店の女の子にちょっかいを出したわけだな？」

「だから、そいつは誤解だって言ったでしょう。まだたいしたことはしてませんよ。ほんのちょっとナニしたくらいで。それなのにあいつは……出て行っちまったんですよ、こいつを置いて」

と、乳母車を見詰め、ため息をついて見せる。赤ん坊は眠っている。

「そういうことで」

「で、手を出された娘さんのほうは？　ほら、悦《えつ》ちゃんとか言ったな。あんたが駄目ならそっちのほうに髪を刈ってもらってもいいんだけどね」

淡い期待で訊いてみた。

「いませんよ、悦子《えつこ》も出ていっちまって。女房にひっぱたかれたもんで」

「ひっぱたかれた……なるほど」

その時おやじの手の中の携帯が鳴った。

「もしもし、もしもし」

敏三が前に立っていることも忘れたように必死になって携帯に喋り始めた。

「で、どこにいるんだ？　なに、死ぬ？　バカ、待て！　待ってちょうだい！　みなに誤解だ、勘違い！　ほんと、ほんと！　嘘じゃあない、嘘じゃあありませんよ！　信じてちょうだい、頼みます！　あたしゃ、お前さんがいなくちゃ駄目なんだ、ほんと！　ね、悦子はもういないよ、クビ、クビ。ほんとだよ、ほんと、クビにしました！　だから、今行くから！　ね、愛してるよ、友子《ともこ》ちゃん！」

聴いていたら馬鹿らしくなった。苦笑して背を向ける敏三に猿の佐藤為吉氏が飛んで来てその腕を取った。

「ね、ね、ね、三船先生!」

「何だね?」

「ち、ちょっとこの子をね、お願いしますよ」

「え?」

「死ぬって言ってるんですよ、友子が! だから、ちょっとの間頼みます、すぐ戻って来ますから! お願いしますよ、お頼みします!」

「そ、そんな…」

「恩に着ますよ! 今度、一回だけサービスでただにしますから。では、よろしく!」

啞然としている間に堺駿二をさらに猿にしたような床屋は、台風のようにタクシーがいるロータリーに向かって走り去ってしまった。

敏三は呆然と側に置いて行かれた乳母車を見詰めた。まるまると太った赤ん坊は何事もなかったように眠っている。ぷくぷくと柔らかそうなホッペタだ。産ませの父親には全然似ていない。友子というかみさんは不倫でもしていたか。もしかしたら為さんの子ではないかも知れない。ま、いずれにせよ父親に似なくて良かったことは間違いない。それにしても……困ったことになったと思った。髪を刈るのは別の日でもいいが、赤ん坊を預けられては動くことが出来ない。『バーバー・サトウ』の二階の窓を眺めた。二階は為さんの住居だが、人のいる気配は無い。子沢山だが、子供たちはみんな別れたかみさんが連れて行ったから、かみさんが逃げ出せば他に家人はいない。

仕方がないからそのまま禁じられている煙草を取り出して一服やった。幸い太った赤ん坊はすやすや寝ている。そのまま三十分経った。為吉氏は戻って来ない。いったいどこへ行ってしまったものやら。連絡を取りようにも敏三は為吉氏の携帯の電話番号など知らないのだ。一時間が経った。禁じられている煙草の吸い殻は三本になった。吸い殻を携帯灰皿にしまい、敏三は赤ん坊を見た。驚いたことに赤ん坊は大きな目を開けている。

「おお、良い子だね……もうすぐお父さん、帰って来るからね」

赤ん坊にそんなことを言ってもわかるわけもないのだが……。赤ん坊がじっと敏三を見詰めている。なにやら険悪な目つきである。こんな赤ん坊でも側にいるのが父親でないことがわかるのか。突然大きな口を開けて泣き出した。

「おお、よしよし。泣くな、泣くな。泣くな、小鳩《こばと》よ、小鳩よぉ、泣くな。じきにお父さん帰って来るからさ」

そのお父さんの為三はさらに三十分経っても帰って来ない。赤ん坊は泣き続け、仕方がないから乳母車から抱えあげてあやしてみたが、泣き声はいっそう大きくなった。行き交う人があやす敏三を見て笑って通り過ぎる。敏三にしてみたら笑い事ではなかった。赤ん坊などもう五十年近くあやしたことはないのだ。

敏三は歯の無い口を大きく開けて泣き叫ぶ赤ん坊をまた乳母車に戻した。やっと泣き止む。だが、それも一時のことで、また喉ちんこを見せるほど大口を開けて泣き始める。赤ん坊は泣くのが商売だから、とは思うが、それにしても普通の赤ん坊よりもかなり声がでかい気がする。

敏三は息子の幸一郎が生まれた頃のことを思い出した。赤ん坊が泣くのは腹がへっていてオッパイが欲しいか、おむつが汚れているかだ。慌てて乳母車を調べてみたが、ほ乳瓶も替えのおむつも乗っていない。

「まずはおむつだ、おむつだ」

敏三は乳母車を押して商店街をドラッグストアーに向かって歩き始めた。乳母車が動くと赤ん坊は泣き止み、停まると泣き始める。要するに動かしていれば泣かないのだ、と気がついた。ドラッグストアーまで行く間に赤ん坊は有り難いことに泣き止んだ。店の前に乳母車を停めて店に入った。カウンターにいる若い娘さんに、

「おむつはあるかね、紙おむつ」

と、尋ねると、愛想良く訊いて来る。

「サイズはLですか、Mですか?」

「サイズ?　さて、どのくらいかなぁ」

と、考えているうちに店員は、紙おむつの束を抱えて来て言った。

「お爺さんなら、Mでいいと思いますよ」

「これが人気です。動いても尿漏れしませんから」

敏三は唖然とした。この娘は、わしがおむつをすると思っておるのか……！

「わしじゃない、おむつは赤ん坊のだ」

憮然《ぶぜん》として店の前に停めてある乳母車を指さしてみせた。

「あら……お客さんのじゃあないんですか」

「わしは尿漏れなんかせん」

「あら、ごめんなさい、てっきりわたし……」

と、謝りはしたが、若い他の店員と顔を見合わせ笑っている。すっかり傷ついた敏三は金を払うとおむつの入った袋を抱えて乳母車の側に戻った。それにしても……これからどうしたらいいのか……。もう一度乳母車を押して『バーバー・サトウ』まで戻ってみた。扉を叩いてみても人の気配はない。猿の為さんが消えてからもう二時間近く経っている。諦めてロータリーに向かって歩き始めた。

喫茶店にでも入って時間をつぶすか……。だが、乳母車と一緒に喫茶店に入れるだろうか。それに、喫茶店で時間をつぶしていることをどうやって猿の為さんに知らせるか。もう一度ドラッグストアーに戻った。先刻の若い娘の店員に、

「あのな、紙と書く物貸してくれんか」

と、頼んだ。おむつを間違えたからか店員はやたら親切で、はいはい、と言ってメモ用紙とボールペンを貸してくれた。

「ついでにテープも貸してくれ。こいつを貼り付けたいんだ」

セロハンテープも借りて敏三は『バーバー・サトウ』に戻り、扉にメモ用紙をテープで貼った。メモ用紙には名前と携帯の番号が書かれてある。これで為三が戻って来たら連絡をくれるだろう。

再びロータリーに向かって歩き始めた。いずれにせよどこかで待機していなければならない。ロータリーのバス停が集まっている所までやって来た。取りあえずベンチに座り、乳母車をゆする。ちょっとでも乳母車を動かしてやれば赤ん坊は親指を咥えて大人しくしている。さて……どうしたものか。しばらく方策を考えたが良い知恵など出て来ない。困りはてて思いついたのは、何のことは無い、赤ん坊を連れて家に帰って佐藤為吉からの連絡を待つことだった。

そう決めて、また敏三は考え込んだ。どうやって家に帰るか。最初はタクシーと考えたが、乳母車は乗せられない。本当は折りたためる乳母車なのだが、ベビーカーを未だに乳母車としか考えられない敏三には、目の前の乳母車が小さくなるとは考えもしなかったのだ。

で、バスで帰ることにしたが、こいつには忸怩《じくじ》たる思いがあった。バス停の列は結構長い。つまりバスは結構混んでいる、ということだ。そこへ乳母車を持ち込むのは気が引ける。乗客は乳母車ごと乗って来た自分をどう思うだろうか。常識が無い奴、とののしられるか……ののしられはしないだろうが、はた迷惑な奴、と思われることは間違いない、と思った。何故なら、若い母親が乳母車と一緒にバスや電車に乗り込んで来る姿を見ると、

「何だか非常識だなぁ」

と、思って来たからだ。赤ん坊に限らず子供は宝である。特に少子化の著しい日本では一番大事にしなくてはならない弱者である。大人はそんな子供を守ってやらなければならない。赤ん坊を連れた若い母親もまた間違いなく弱者である。そんな弱者は助けてやらなければならない、これが日本人の美徳だ。

だが……そこで敏三は考える。若い母親が自分は弱者だと考えて、その弱者という考え方を武器にしたらどうだろう。我が身を弱者として武器にして大上段に振りかぶった途端に、その母親は弱者の権利を捨てたことになるのではないか……？　敏三の目には狭いバスや混んだ電車に乳母車ごと乗り込んで来る母親を見ると、いつもそんな疑問がわき起こって来るのだ。

「だったらどうするのよ、小さい子を連れて出掛けなければならない時だってあるでしょう！　そんな時どうしたら良いのよ！」

と、若いお母さんは怒るかも知れない。

「そんな時は赤ん坊をおぶって出掛けなさい」

敏三はそう言いたい。そりゃあ重いかも知れないが、可愛い我が子だ。ああ、こんなに重くなったと、そんな喜びだってあるのではないのか。敏三の子供の頃の母親はみんなそうしたし、敏三は母親の背中で鬢《びん》の匂いを嗅いで大きくなった。そのほうがよほど母の温《ぬく》もりを感じられるのではないか、とも思う。息子の幸一郎が赤ん坊だった頃も亡妻は、それが必要な時は息子をおぶって外出したものだ。だから便利なおぶい紐とねんねこが赤ん坊のいる家ならどこにでもあったのだ。

そんな思いが去来して、敏三は、うーむと唸り、それでも仕方なくバスを待つ列に並んだのだった。

敏三の家に向かう路線のバスは一般のものよりずっと小型で、座席は十五くらいしかない。バスの到着を待つ客の列にはもう二十人くらいになっていた。バスがやっと到着し、敏三も乳母車を押して列に並んだ。やっと乗る段になり、乗客口で勝手がわからず困った顔をしていると、顔なじみの運転手が笑って、

「あれ、今日はお孫さん?」

と声を掛けて来て、

「ここでお金払って、降車口のほうに行ってね」

と乗り方を教えてくれ、敏三が乳母車を抱えてバスに乗るのを手伝ってくれた。

「いや、申し訳ない」

比較的スペースのある降車口の近くに立ち、何となく愛想笑いで周囲を見ると、乗客たちは案の定あまり嬉しくない顔をしていた。運転手がわざわざ敏三が乗り込むのを手伝って出発が遅れたためかも知れなかった。立っている乗客もかなりいて、じろじろと乳母車を揺らす敏三に視線を走らせて来る。敏三は身が縮こまる思いがした。実際にはそんなことはなかったのだろうが、乗客全員から非難の視線を浴びている気がした。

「いや……すまんです……申し訳ない……」

べつに謝らなくても良いのだろうが、そんな言葉が知らぬ間に口から漏れる。とにかく早くバスから降りたいものだ、と思った瞬間にバスが揺れ、赤ん坊が泣き出した。

「ああっ、いや、すまんことです……泣くな、こら、泣かないでくれよ、良い子だ、良い子だ」

と、乳母車を揺すってみるが、赤ん坊は泣き止まない。泣き止まないどころか揺れるたびに火の点いたように大声になった。よくもまあこんなに小さい体からこれほどでかい声が出るものだ、と敏三は大口を開けた赤ん坊の喉の奥まで覗き込んだ。歯の無い口はただの穴ぼこだ。そこから凄まじい音量の声が飛び出して来る。思っていた通り非難がましい視線が突き刺さって来る。

「すまんです、申し訳ない……ほれ、静かにせんか、頼むよ、赤ん坊……」

隣に立っていた五十代の婦人が敏三を助けようと赤ん坊に、

「可愛い赤ちゃんね、男の子さんね、さ、泣かないでね」

と、声を掛けてくれる。一瞬泣き止んだ赤ん坊は、きょとんとした目で婦人を見詰める。だが、その容貌が気に入らなかったらしく、以前にも増してでかい声でまた泣き叫び始めた。

「うるせえぞ、何とかしろっ！」

と、とうとう座っている乗客に怒鳴られた。四十代の痩《や》せた男だ。手に競馬新聞を握っている。

「すみません、申し訳ない」

怒るのももっともである。耳元でこんな声で泣かれたら鼓膜がおかしくなる。敏三は身を小さくして謝った。また赤ん坊を懸命になだめる。

「よしよし、良い子だ、泣くなよ、頼む、頼むよ、泣かんでくれ」

もう哀願である。だが赤ん坊はこの哀願を聴いてくれない。ワアーッ、ワアーッという声が一段と大きく高くなる。もう乗客全員が敏三を非難の目で見詰めている。

「申し訳ない、すまんです」

堪えられず、敏三はまだ自宅が三駅先なのに降車のボタンを押した。バスが停まると敏三は慌てて乳母車を担いで飛び降りるようにしてバスから降りた。そこで大きなため息を吐く。いやぁ、えらい目に遭った。あの為吉め、散髪代をただにしてくれるくらいじゃあ割が合わない。

後ろからさっき怒鳴られた中年男が降りて来た。まだ険悪な顔をしている。たぶん場外かなんかで買った馬券は外れたのだろう。そんな顔をしている。

「チッ」

と舌打ちした男がまだ泣き叫んでいる乳母車を軽くだが蹴って行く。衝撃に赤ん坊が泣き止んだ。バスが走り出すのを待って、

「待ちなさい！」

と、敏三は歩いて行く中年男を呼び止めた。男が立ち止まり振り向く。

「なんだ？　俺に用か？」

男は敏三を睨みつけて来る。

「ちょっと、こっちへ来なさい」

相手はちょっと驚いた顔になり、

「なに？」

と、呟き、それでも言われたまま敏三に近づいて来る。前まで来るのを待って敏三は言った。

「あんた、いまこの乳母車を蹴ったな」

「なんだぁ?」

「乳母車を蹴ったか、と訊いているんだよ」

「ああ、蹴った。くそうるさいガキだからよ。それがどうした?」

目を剝く男の顔が一層険悪になった。青白い顔はまさに凶相だ。痩せているが背は敏三より頭一つ高い。

「謝ってもらいたいんだがね」

「あ?」

「腹が立ったのはわかるがね、やっぱり赤ん坊を蹴ってはいかんだろう。赤ん坊は日本の宝だからね」

敏三は冷静である。剝いた目が一層大きくなった。

「馬鹿言え。うるさいガキは蹴り飛ばしてやりゃあいいんだ。そうすりゃあ大人しくなる」

なるほど。男の言うことは当たっている。乗っている乳母車を蹴られたのに、たしかに赤ん坊は大人しくなった。泣くどころか、赤ん坊はニタニタ笑って凶相の男を見ている。さっきは優しい婦人の顔を見て泣いたくせに。凶相が好きなのか。変な赤ん坊だ。

「なんならもう一度蹴ってやろうか」

と、男が言った。口だけかと思っていたら本当に蹴って来た。だが、男の脚が乳母車に当たる前に敏三の右手が伸びていた。敏三の右手が男の逸物をしっかり握る。男の目が真ん丸になる。

「な、なにをする……！」

男が慌てて腰を引こうとするが、腰はピクリとも動かない。

「バ、バカ、止めろっ！」

止めない。一度握った敏三の手はそう簡単には外れない。なにせ敏三の握力は十キログラム近くある。普通、一般男性の握力は三千台だ。四千台あればちょっと強いほう。五千もあったらやたら強いランク。歳が行ったら三千台も怪しい。では、十キロの握力とはどれほどのものか。六キロあればリンゴを握り潰せる、と言われている。だから、十キロともなればその力は凄まじい。トランプカードの束を二つに引きちぎるほどの力がある、とも言われている。そして敏三の腕は長くて太い。脚は短いが手は長いのだ。だから整形外科にまでチーザンとからかわれる。そんな凄まじい握力で逸物を摑まれたらどうなるか。

「つ、潰れる……！」

至極まっとうな感想である。

「うん、このまま行けば潰れるな」

と、敏三はにべもない。

「や、や、止めて……くれ……」

「駄目だよ、まだ、まだ」

男は腰を引き、両手で必死になって敏三の手首を摑んでふり放そうと無駄な努力を重ねる。もちろん敏三の腕はびくともしない。なにせトランプの束を引き裂くほどの力があるのだ。だから敏三の腕はポパイのように肘から手首までがやたら太い。むろん先天的にこんな強い握力だったわけではない。鍛えに鍛えた賜《たまもの》だ。

柔道は相撲と違い、襟や袖を取ってなんぼの格闘技だ。だから柔道の腕を上げるにはとにもかくにも握力を鍛えなければならない、というのが敏三の持論である。オリンピックで日本の選手がなかなか勝てないのは技が切れないからではなくこの握力が外国の選手に比べて弱いからだと思っている。現にフランスの金メダリストなどは襟を取ろうとする相手の手を振りほどくだけでチャンピオンの座に座り続けている。だから自分の握力も鍛えたが、柔道の教え子たちにも握力強化を徹底して指導した。その結果、『七つ星高校』の柔道部は全国制覇を成し遂げたのである。

「つ、潰れる……止めてくれぇ！」

と呻き声が悲鳴のように大きくなった。

「止めてやってもいいが、謝らんとな、ちゃんと」

「悪かった……放してくれ……！」

と、男は懇願の顔で敏三に詫びを入れる。

「バカだな、わしにではない、赤ん坊にだよ。赤ん坊が一人でバスに乗ったわけではないからな。乗せたのはわしだ」

「止めろ、止めてくれ！　本当に潰れちまう！」

敏三は手を緩めたり強めたりして男の顔を眺めている。

「う、う、うっ……」

「乳母車と一緒に乗ってすまなかったと思っているから、わしは謝ったよ。だが、他に移動手段が無かった。だから勘弁してくれ。その代わり、あんたもこの赤ん坊にちゃんと謝らんといかん。わしを蹴ってもかまわんが、赤ん坊を蹴るのは許しがたい暴挙だ。遺憾《いかん》の意を表明する。わかったか？」

「わ、わ、わかった、わかった、わかったから止めて……！」

ようやく手を放した。

「さあ、謝りなさい、赤ん坊に」

「悪かった、悪かったよ」

「よし。それでよろしい」

と、敏三はでかい手を差し出した。怯えた顔で男が後退る。

「わしは三船という。あんたは？　あんたの名は何というんだ？」

「な、中村《なかむら》……」

「中村さんか。握手だよ、怖がることはない。これで遺恨なし。どうやらご近所らしいしね。ご近所は仲良くせんとな」

渋々男が手を差し出す。しっかり握り、ほんのちょっと握りを強めてみる。

「や、や、止めてくれぇ！」

笑って言った。

「いや、すまん、すまん、悪かった。じゃあ元気で楽しい一日を過ごしてくれたまえ。来週は馬券が当たることを祈って差し上げる」

手を放してやり、敏三は背を向け乳母車を押して歩き出した。しばらく経つと、後ろから

「バカヤロー！」

と、いう叫び声が聞こえた。

自宅から三つも手前の停留所で降りたので家までは三十分近くもかかった。その間、不思議なことに赤ん坊はまったく泣かなかった。何が楽しいのか親指を咥えてニタニタ笑っている。

(しとしとぴっちゃん、しとぴっちゃん……これじゃあ用心棒ではなく子連れ狼だな。いや、子連れ爺いか)

と、苦笑した。

その日、佐藤為吉夫妻が預けた赤ん坊を受け取りに来たのは夜も八時を過ぎてからだった。

十二

あまり雨が降らなかった六月が過ぎ、梅雨明けになった七月、敏三の生活にさしたる変化は無かった。相変わらず月に一度、亡妻の墓参りと元校長の居る老人ホームを訪ね、週に三回は堀越美奈子のボディガードを続けていた。例の悪酔い騒動の後、孫の珠子からは、

「いやぁ、じいじ、ごめん、申し訳ない、彼があんなに酒癖が悪いとは知らなかったよ、合わす顔がないよ」

と電話がかかって来たが、タクシー代の一万円を返すとはもちろん言わなかった。その代わり、

「で、さあ、今度ね、お詫《わ》びっていうわけじゃあないんだけど、一度会食を、って譲さんの家の人が言ってるんだけどさぁ」

と言い出した。

「会食だと？」

「正式のやつじゃあないよ。たださ、この前あんなことがあったから、じいじに申し訳ないってわけよ。で、向こうのお母さんがお詫びかたがた一度食事でも、って言ってるの」

冗談じゃあない、ほっといてくれ、と言う敏三に、

「まあ、じいじが嫌がることはわかってたんだけどね、なんか話のノリでさぁ、断り難くなっちゃってさ。で、良いですよ、って言っちゃったわけ。頼むよ、じいじー、私を助けると思って飯だけ付き合ってよ。可愛い孫のためだと思って。ね、お願い。その代わりじいじ孝行するから。思ったより気さくな良い人なんだよ、譲さんのママ」

と、珠子は簡単に諦めてはくれなかった。

「もしかしたらさ、親戚になっちゃうかも知れないんだから、早めに会ったって良いじゃん」

「まさか……おまえさん、奴と結婚しようってんじゃないだろうな?」

「まさかぁー。花の青春だよ、簡単に所帯持ちなんかにはならないよ。両家の顔合わせってわけじゃなくて、ただささ、じいじに会ってお詫びしたいって、そう言ってるだけだよ。頼むよ、私の顔をたててよ、じいじー、恩にきるから」

まあ、敏三としたらかなり抵抗したと思う。

「恩にきるって、その恩をどうやって返してくれるんだ? わしを養ってくれるというのか?」

「寝たきりになったら下の世話もしてあげるよ、ほんと。なんならさ、大学出るまでじいじのところで一緒に暮らしてもいいよ」

「じょ、冗談言うな！」

敏三の声が裏返った。珠子と一緒に暮らすなど、年金をどれだけくすねられるか知れたものではない。煽《おだ》てられて飯を作らされ、小遣いをくすねられ、居酒屋にも付いてくる……息子と一緒に暮らすのもまっぴらだが、可愛い孫でもお断りだ。下手をしたら珠子の下着まで洗わされる羽目になる。

「だからさ、一度だけ、たった一度だけ飯食えばいいんだからぁ。ただ飯だよ、ただ飯。頼むよ、じいじー、一生のお願い」

ずいぶんと軽い一生の願いだと思ったが、結局はこう言うことになった。

「本当にあの青年と母親が来るだけなんだな？」

「そうそう、お母さんだけ。譲さんのママだけあってさ、えれえ美人でね、その顔拝《おが》むだけで会う価値あるよ、ほんと」

この美人だ、という台詞につられた。祖父が美女鑑定団が趣味などということは知らないだろうが、この孫娘は自分の祖父が好色爺いだということはわかっているらしい。

「わかった、一度だけおまえの顔を立ててやる。その代わり、貸しだぞ、貸し。恩は返してもらうからな、わかったか？」

「わかった、わかった、やっぱりじいじは藤田進だよ、ほんと」

珠子は藤田進と言えば俺が喜ぶと、いつから思っているのかと敏三は首を捻らなければならなかった。

で、週末の土曜日、敏三は夏用のスーツを取り出し、暑いのを我慢してきちんとワイシャツとネクタイまでして、久しぶりに二時間もかけて都心まで出掛けることにあいなった。先方の横川家が招待に選んだ場所は、東京は銀座の豪華ホテルである。敏三とてホテルに足を運んだことがないわけではない。高校教師の頃は同僚や教え子の結婚式などで何度もホテルには行ったものだ。だが、少なくともこの十年はホテルなどに行く機会はなかった。いや、ホテルだけでなく、銀座など二十年も来たことがなかった。亡妻と映画を観たり食事をしたりしたのもせいぜいターミナル駅で、都心まで出て来ることはなかったのだ。

指定のホテルはこれまで行ったことのないホテルで、そのカタカナ名前から外資系のホテルだと思われた。三度ほど人に道を尋ねて、どうにか指定の時間ぎりぎりに辿り着くと、ロビーで珠子と例の横川青年が心配そうに敏三を待っていた。

「すぐにわかった？　場所がわからないんじゃないかって、心配したよ」

「すみません、お迎えに上がれば良かったですね、気が回らなくて、申し訳ないです」

と、高橋英樹似の青年は大きな体を折り曲げるようにして頭を下げた。

「いや、なに、場所はすぐわかったよ。それより、あんたの母上はもう来られているのか？」

敏三の問いかけに、青年は満面の笑みで応えた。

「は、もう母も祖母も来ております」

「祖母……!」

敏三は目を見開いてそう訊き返した。母親が会いたいと言っていることは知っていたが、祖母が一緒に来るとは聴いていない。

「……あのね、おばあさんも一緒なの。言わなかったっけ」

と、珠子がニッと笑う。そんなことは一言も言わなかった。母親が凄い別嬪《べっぴん》だから会う価値がある、と、そう言っただけだ。婆あが一緒とは絶対に言わなかった。こいつは確信犯だ、と敏三は思った。

とは言え、ここで文句を言っても仕方が無い。嬉しそうな顔にはなれないが、年の功で、それでも懸命に微笑んで見せた。

「それは、それは……しかし、何もこんなに大袈裟なことをしてくれんでもいいのに」

横川家が用意した店は何やら舌を噛みそうな名前のフランス料理店だった。その店はホテルの最上階にあり、見るからに高級店らしいたたずまいだ。敏三は会席料理が嫌いだが、西洋料理は好きである。ただし、それは日本風の西洋料理店であって、ハンバーグやカレーライスなどというメニューがある洋食屋のことだ。亡妻が好んだのでイタリア料理店にはずいぶん行ったが、そこで敏三が注文したものはスパゲッティーのミートソースと決まっていた。要するに、フォークやナイフをきちんと使うような食事は苦手なのだ。今にも手を取りそうな横川青年に導かれ、敏三はレストランに入った。なんと案内されたのはその豪華レストランの中の、さらに上等な個室だった。女が二人席から立ち上がる。二人とも着物姿。当然のことで、敏三の視線は一直線に若いほうの女性に飛んだ。

（うーむ……）

なるほど、こいつには嘘がない。珠子の言った通り、さすが高橋英樹の母親だけあってなかなかの美人だった。亡妻の亜矢子や嫁の美智子さんのような楚々《そそ》とした美人ではないが、どちらかと言えば肉感的美女だ。まず評価で言えば間違いなく天麩羅《てんぷら》蕎麦レベル。ひょっとしたら来た甲斐《かい》があったか……。やっと隣の老婦人のほうに目をやった。ゲッ、となった。金縁《きんぶち》眼鏡を掛けた金髪のブルドッグが着物を着ている……！

「横川でございます……」

と、天麩羅蕎麦のほうが言って頭を下げる。金髪のブルドッグは頭など下げず、まるで観察するような目でじっと敏三を見つめている。魂消た顔で固まる敏三の気配を察してか、珠子が敏三の代わりに言う。

「祖父です。本日はお招きいただき有り難うございます」

こういう時の珠子は実に堂々としている。たとえ相手が名家の連中であっても、そこでおたおたすることはない。それも当然なのである。父方、つまり父の幸一郎側のご先祖様は敏三を輩出したくらいだから大した家柄では無いが、母方、つまり母親の美智子の実家は名家中の名家なのだ。四代か五代 遡《さかのぼ》れば公爵《こうしやく》家で、もっと遡ると、たしかお公家《くげ》さんになる。したがって、父方の祖父がしがない高校の体育教師だということも、珠子にとってはべつに自分を卑下《ひげ》する材料にはなり得ないのだ。ちなみに敏三の父は生前都庁の役人で、その何代か前は徳川家のどこそこの藩の、江戸詰めの下級武士。体育系の高校教師だったのは敏三だけで、他の兄弟はみんなサラリーマンで、一応はそれなりに出世を遂《と》げ、姉、妹もそれなりの企業のサラリーマンに嫁《とつ》いでいた。だから敏三も相手が誰でも動じたことはそれほどなかった。なに、我が家系で筋肉系はわし一人。喧嘩となれば、まずびびる相手はそうはおらんと、そう思うことにしていた。そんな敏三の心の中の動揺を知ってか知らずか、金髪ブルがにんまり笑い、やっとほんの少し頭を下げた。

「横川でございます。お目にかかれて嬉しゅうございますわ。お噂は、この孫の譲二から伺っておりますの、さ、さ、お席に」

どうやらこの座を仕切っているのはこの金髪ブルだということがすぐにわかった。しかも彼女が敏三に指定した席は自分の真向かいだった。嫌だ、というわけにもいかず、敏三は背広にネクタイをしてきて良かった、と思いながら、しぶしぶ金髪ブルの前に腰を下ろした。

かくして会食が始まった。

「お飲み物は、何を?」

と訊いて来る天麩羅蕎麦に、

「ああ、焼酎の梅割で」

などと言いそうになり、敏三は慌てて、

「冷たいビールを」

と応え、ビールにいちいち冷えた奴を、などと指定するバカがいるかと自己嫌悪に陥った。オードブルに冷たいカボチャのポタージュなどが次々と運ばれて来る。横目で孫のスプーンなどの動きを恨めしい目で確かめながら、敏三も手前から先っぽのほうへとスプーンを動かすおかしな動きを真似《まね》てスープを飲んだ。不味くはない、いや、たしかに旨いが、正直妙な緊張感で味は良くわからない。

敏三は、自分が何でこんなに緊張しているのか不思議だった。ふだん敏三は緊張とはほど遠いところにいる。どんなことにもびびるということはそうはない。びびるのは大抵敏三を相手にするほうだった。それなのに、今は金髪ブルの前でけっこう緊張した自分がいる……。

その理由は、それこそ何の緊張感もない顔で旨そうに料理を口に運び、悪びれたところなく高橋英樹の母親や金髪ブルと話す珠子の顔を盗み見てわかった。要するに、敏三はこの可愛い孫に恥をかかせてはならんと、その一心で柄《がら》にもなく緊張しているのだった。

金髪ブルがそんな敏三に目を向ける。

「お若い頃のお仕事は……」

「ああ、昔の仕事ですか。それは、教師ですよ、体育の」

もう敏三は腹を括《くく》っていた。わが人生に恥じることなし。『大松』で酔っ払いがだみ声で歌っていた歌が頭に流れている。『わが人生に悔いなし』。石原裕次郎《いしはらゆうじろう》の歌だ。本当は悔いだらけなのだが、何故か今はそんな気持ちになっている。

「体育……体操の……？　スウェーデン体操とか？」

金髪ブルの頭の中はちょっとした混乱を来しているようだった。

「いやいや、体操ではなくて」

「祖父は柔道の先生だったんです」

と、隣の珠子がオードブルのイクラを飲み込んで慌てて解説する。ここは自分が助け船を、と、珠子の前の席の高橋英樹がすかさず言う。

「おばあちゃん、こちらのおじいさまはね、姿三四郎のような方、知ってる姿三四郎？」

バカか、こいつは、と思った。こんな金髪ブルの婆さんが『姿三四郎』なんか知っているわけがなかろうが。ちなみに珠子が口にする『姿三四郎』はかの黒澤明が初めて監督デビューをした戦前の映画なのだ。

金髪ブルが敏三を食い入るように見つめる。刺すような金縁眼鏡の向こうの瞳が、刺さるような色からうっとりしたものに変わって行く。

「……あらまあ……姿三四郎で……あの、講道館の……」

この祖母の独り言のような台詞に高橋英樹が驚いたように言った。

「なに、おばあちゃん、姿三四郎って、知ってるの、本当に?」

「知っていますよ、当たり前でしょう、日本人なら誰だって知っています」

断固たる口調に、気の毒に高橋英樹くんはショボンとなる。

「驚いた……」

と、青年。

「まあ、本当に柔道を……」

金髪ブルが奇妙な目の色をして敏三を見つめる。

「ええ、まあ」

と、敏三が疑り深い目で婆さんを見ると、

「何度も観ましたわ、あの映画……主演は、たしか藤田進と轟《とどろき》夕起子《ゆきこ》じゃあございませんでした? わたくし、子供心に轟夕起子になりたくて、なりたくて。ほら、石段で、轟夕起子が姿三四郎様に切れた下駄の鼻緒をすげていただくシーンがございましたでしょう? 覚えていらして? わたくし、子供心に、あんな殿方に下駄の鼻緒をすげていただきたくて……夢に見たものでございましてよ。もっとも、わたくしどもの子供時代はもうどなたも下駄なんか履いていませんでしたでしょう？　あの下駄に鼻緒というのが、それはもうロマンチックでございましてね。ああいうロマンスがいつか自分にも、と、そう思っておりましたの」

悪い冗談だ、と敏三は思った。

「それなのに、姿三四郎様とは真逆な、そりゃあ軟弱な官僚なんかに嫁ぎましてね。ホホホ。あら、亡くなった主人に恨み節なんか……お恥ずかしいこと、わたくしとしたことが」

今度は敏三のほうが呆然となった。この有閑《ゆうかん》マダムの極致のごとき金髪ブルが黒澤明の『姿三四郎』を何度も観ていて、鼻緒をすげてくれる男が素晴らしかった、と言っている……。へえー、人は見かけによらんものだ。出来れば、そういうことは隣の天麩羅蕎麦に言ってもらいたい、と念じたが、高橋英樹の母親のほうは息子と同じで姿三四郎と言われてもチンプンカンプンのようであった。

それ以降、会食は断然この金髪ブルの独壇場《どくだんじょう》となり、彼女の軟弱だった亡夫の悪口、そして彼女の父親が生前には軍人で柔道の達人であったことなども聴かされた。

「わたくしも、もう少し体が大きかったらお茶などやらずに、父を見習って武道でも、とずいぶんと悔しい思いをしたことでございましてよ」

ちなみに、この金髪ブル婦人は茶道では大家で、今でもお茶では多数の弟子を持っているのだ、と珠子から教えられた。茶道は武士の嗜《たしな》みである。侍ではないから、敏三は茶道などまるで不調法で、茶は煎茶《せんちゃ》か、時として、ウーロン茶をがぶ飲みする。もちろんアルコール入りのウーロン茶であるが。

そんな次第で、敏三の予想に反してこの会食は大いに盛り上がり、ご機嫌の金髪ブル婦人からその店の自家製というフランス菓子の詰め合わせをお土産にまで頂いてどうにか生きて帰路についたのであった。

地下鉄の駅まで送る、という珠子について来てもらい、今度は迷わずに駅まで着いた。

「じいじ、助かったよ、今日は。それにしても、じいじー、じいじは本当に女の人にもてるねー」

と、珠子は地下鉄の改札の前でニヤニヤして言った。

「もてるって、どういう意味だ?」

「けっこう女殺しじゃん」

「女なんか殺しておらん」

「おばあさん、じいじのこと、潤んだ目で見ていたよ」

ポケットからパスモを取り出そうとしていた敏三はゲッ、となった。

「バカ。気持ちの悪いことを言うな!」

「だって、本当だもん。賭けてもいいよ、またお誘いかかるから」

「止めてくれ、悪い冗談を言うな、心臓に悪い」

「いいじゃん、またただ飯食っても。それに、あのおばあさんだって、独身だからさぁ、不倫だって騒がれる心配もないし。じいじにガールフレンドが出来ればお袋だって安心するよ、ほんと」

「……何がほんと、だ。もう、おまえとは付き合わん、断じて会食などに付き合ってやらんからな、馬鹿者」

敏三は慌てて改札に入った。開くはずの扉ががちゃんと閉じられる。パスモの金額不足だった。珠子がニッと笑って、

「しようがないね、改札出る時に残高見ておくんだよ。はい、これ」

と、諦めて改札から出て来る敏三の前に自分のパスモを取り出してよこす。

「入れたばかりだからね」

「すまんな」

可愛い孫に、そしてまだ学生の珠子からパスモを巻き上げてはじいじの名がすたる、と敏三は財布から一万円札を取り出した。もしもの場合、これも孫に恥をかかせてはならぬと、預金を下ろし、今日はけっこう大金を持っている。

「これを取っておけ」

「お金なんて要らないよ、水くさいね」

と、珠子は気前の良いことを口にしたが、手の一万円札はいち早く自分の財布にしまわれている。さすが、タヌ子だ、と苦笑して敏三は地下鉄に乗った。

ターミナル駅で私鉄に乗り換えれば四十分くらいで『七つ星駅』である。孫に言われたように敏三はちゃんと改札で新しいパスモの残高を確認した。その残高を見て敏三はゲッとなった。残りは四百円……。これでどうして入れたばかりなんだ？　敏三はうーむと唸り、やられた、と呟いた。珠子は『入れたばかりだからね』と言ったが、いくら入れた、とは言っていない。入れたのは千円かも知れないし、七百円かも知れないのだ。ここで文句を言えば、

「だからぁ、お金なんて要らないよ、って言ったじゃん。男はケチは駄目。藤田進だからねっ」

と言う台詞が返って来るに違いない。藤田進は本当にケチではなく、気前が良かったのか……。タヌ子め、彼奴《きゃつ》は生来の知能犯なのだ。これでまた九千円をタヌ子に持って行かれたか、と敏三はため息をつき、残り少ない残高のパスモを使って私鉄の改札を通り抜けたのだった。

十三

ほど良い酔いで『七つ星駅』に降り立った敏三は、バスターミナルまで来て立ち止まった。時刻はまだ九時半だから終バスまでには一時間以上ある。そのままですでに停まっているバスに乗れば十五分ほどで家に帰ることが出来る。乗客は少ないから座って行ける。だが、敏三はバス停に向かわず、まだ思案の顔でいる。

今夜の敏三はすでに酒はたっぷり飲んでいる。半年に一度くらいだが、今日の敏三は招かれて母校の大学に行き、そこで柔道部の夏期合宿稽古に参加して来たのだ。夕刻から部員たちに指導をし、久しぶりに畳の上をずいぶんと転がった。新入部員に投げられてやるのも稽古の一つなのである。

その後、集まっていた柔道部のOBたちと大学近くの飲み屋で一杯やって大いに盛り上がった。なにしろ母校の柔道は『七つ星高校』とは違い、今でも学生選手権で毎年優勝か準優勝にはなるという強豪校なのである。ちなみに、敏三が監督を務めていた『七つ星高校』の柔道部は、今はもうかつての栄光はなく、地区予選でも敗退するほどに落ちぶれている。無念なことであった。

飲み屋での懇親会《こんしんかい》ではOBたちとの昔話に花が咲き、校歌も歌った。稽古の後の適度な疲れが酒をいっそう旨いものにしてくれたのだ。で、敏三は今、バス停を前にして立ち止まっている。あまりに楽しい宵《よい》であったからか、一人で『七つ星駅』に降り立って、敏三はなんとも言えぬ寂寥《せきりよう》感に襲われていたのだった。このまま帰っても灯りのない家が待っているだけである。

最近は、何だかこんな気分になることが多くなったな、と敏三は思った。息子に同居を勧められても嬉しくないが、何となく胸の中に冷たいからっ風が吹くような気分になることもあるのだ。

バスが発車すると、やっと敏三は歩き始めた。向から先は商店街である。

九時半を過ぎても『大松』はまだ混んでいた。

「ごめんよ」

と暖簾を分け、扉を開ければ、

「いらっしゃい！　あら、先生、今日は遅いのね」

とカウンターの中から女将の唄子さんが元気よく声を掛けて来る。この声で敏三の寂寥感は簡単に吹き飛んだ。

「もう酒はずいぶん飲んで来たから、そうだな、今夜は冷たいウーロン・ハイかなんかにするかな」

敏三の指定席はもちろん空いていない。カウンターで空いている席は、くの字形のカウンターの先の席だけだ。そこだと唄子さんの横顔しか見えないし、旦那の曲芸技も見られない。だがまだ九割の客の入りだから文句は言えない。そのカウンターの一番奥には例のずんぐりした歯医者が一人、熊の置物のように座っている。名前は望月《もちづき》。この客はここに来るようになってから一年くらいだが、『大松』への出勤率は敏三の比ではない。敏三は三日に一度くらい来るのだが、この男は毎日だ。八時頃から来て物も言わず飯を食い、その後、酒をちびちび閉店近くまで飲み続ける。他の客はむろん、女将の唄子さんとも話さない。

敏三が一つ空けた椅子に腰を下ろすと、望月というその歯医者が何やら嬉しそうな顔で、

「あ……どうも」

と、小さく頭を下げた。

「いや、どうも。やってますな」

敏三もそう返事をした。この歯医者が他人を見て、小さくではあっても笑顔を見せることなど、まずはなかったのだから驚きである。

いつぞや女将の唄子さんに、

「何だか、変わった客だねぇ」

と言うと、

「気の毒な人なのよ」

と、この望月という人物のことを話してくれた。一年ちょっと前にかみさんを亡くし、それから毎晩『大松』で晩飯を食うようになったと言う。

「先生と一緒ねぇ。気の毒なのよ、奥さん亡くされてからああなっちゃった。とても綺麗な、元気のいい奥さんだったのに……先生はめげないで頑張っているけどねぇ。あら、ごめんなさい、つまらないこと言っちゃって」

と、唄子さんは敏三の亡妻を思い出したのか、申し訳なさそうな顔になった。

「ふーん。で、あんなに陰気になったのか……」

「そう。お子さんもいらっしゃらないって言うし」

そう唄子さんから聴かされた後も、だからと言って隣に座って話しかける、などということはしなかった。望月という歯医者にはそれをさせないような重たい雰囲気がいつもあったからである。

「歯医者っていうけど、上手い歯医者なんかね」

と、虫歯が酷くなって唄子さんに訊いたことがある。唄子さんは、

「凄い上手いらしいですよ。あたしはかかったことないけど、いろんな手術もするって言うし」

「手術?」

「ほら、口腔《こうくう》外科っていうのかしら、虫歯の治療だけじゃなくて、歯並びを変えるとか」

「ああ、歯列矯正《きょうせい》か。針金かなんかでとめる」

「それもあるでしょうけど、もっと高級なこともするんだって」

「高級ってのは……どんなことするんだい？」

「歯をみんな人工のものに変えるとか。そんなんじゃあないかしら。良くわからないけど」

と、ついこの間までこの望月という歯医者に関して敏三が知っていることはこのくらいのものだった。さらにとんでもない人物だと知ったのは、三日前のことだった。

その夜、珍しく敏三は閉店まで飲んだ。当然、終バスは無くなり、敏三はほろ酔いで家まで歩いて帰った。途中で『北斗公園』に寄って、公園の便所で放尿をした。まあ、酔っ払った時の敏三の定番コースである。気持ち良く排尿を済ませて便所を出ると、来た時とは違う光景を見ることになった。ベンチの側に人がいたのである。今回は若いカップルが抱き合っているようなロマンチックなものではなく、三人の若者に年寄りが小突き回されているという状況だった。いわゆる『親父狩り』である。

「おおっ！」

となった。若い奴の一人は、何と刃物までちらつかせているではないか。切れるのかどうかわからないが、蝶々《ちょうちょう》のように開くと刃が出るナイフである。ああ、そうだ、バタフライ・ナイフとか言う奴だったな、と思い出した。敏三はこのような場面を大層好む。別にナイフを持っていようが、どうということはない。日本刀だと困るが、リンゴもよく剝けないような刃物など刃物のうちに入らん、と思っている。

近づくと三人の内二人の若者は茶髪で、小突き回されている男は何と、つい先刻まで『大松』で置物のように酒を飲んでいたあの歯医者だった。敏三はいっそう嬉しくなり、ずんずん近寄った。こんな小僧どもは頭を拳骨でゴツンとやればそれで仕舞いだ。

あと七メートルと近づいたところで、想定外の出来事が起こった。小突き回されていた歯医者がゆっくり眼鏡を取ってポケットにしまったのである。そこまではのっそりしていた歯医者の動きが突然駒落としのように速くなった。なんと、なんと、一瞬のうちにのっそり歯医者は胸を突く若者の腕を抱えこみ、腰に乗せて放り投げた。

「このヤロー!」

と後ろから殴り掛かる若者の足を払ってふっ飛ばすと、ゆっくり三人目の若者に向き直った。三人目のバタフライ・ナイフを持つ若者のほうはもう腰が引けている。投げられた二人の若者のほうは、打ち所が悪かったのか、まだ倒れたまま呻いている。

敏三はあっけにとられて、地面で腰を押さえてのたうつ二人の若者たちを眺めた。いやはや。歯医者の動きの速いのなんの。いつも物も言わず、だらしのない置物の熊のようにカウンターに座っている人物とは思えない活躍ぶりである。人は本当に見かけによらないもんだな、と感心し、三人目の若者に向かい合っている歯医者に近づいた。

三人目の若者が手のナイフを突き出している。怯えているのは歯医者ではなく若者のほうで、差し出したナイフが震えている。前に立つ歯医者は平然としている。敏三は心底感心した。まあ、普通の人間なら刃物を手にした相手の前に平然と立ってはいられない。歯医者によほどの自信がある証拠である。

敏三が近づくと、新手の敵が現れたか、という風情で歯医者がふり向いた。

「いったいどうしました？　あなた、歯医者さんの望月さんだよね……？」

歯医者とナイフを手にした若者が驚いた顔で敏三を見た。

「おい、坊主、おまえ、『七つ星高』の生徒か？　そんなもんは捨てなさい。喝上《かつあ》げだけならともかく、刃物は駄目だぞ、刃物は。そんなもん持っていてお巡りに捕まったら、それだけ罪が重くなるんだよ、バカか、おまえは。男の喧嘩は素手でせえ」

敏三はずんずん若者に近寄り、難なくナイフを取り上げた。若者が抵抗せずにナイフを敏三に取り上げられたのは、たぶん呼吸だろうと思われた。なにせ何十年も『七つ星高校』で悪ガキをぶん殴って来た敏三だから、どんな呼吸で近づいたら相手が無抵抗になるかを熟知しているのだ。

「バカモン。なにぼんやりしている、仲間を助けてやれ、友達だろうが」

と、わなわなと震え、真っ青になって突っ立っている若者の頭を一つ拳骨でぶん殴った。

「す、すいません……」

急に若者が子供に返る。敏三は黙って立っている歯医者に向き直った。

「どうします？　警察に突き出しますかね。わたしは、なるべくなら、そうはしないほうが良いと思うが」

歯医者が、先刻の活躍とはほど遠い覇気のない声で言った。

「わたしは……べつに……三船さんがそう言うなら」

敏三はこの熊の置物が自分の名前を知っていることに、ちょっと驚いた。

「あの……傷害になりませんかね……手加減して投げましたが」

敏三は歯医者が、自分が傷害で捕まるかを心配していることに気がついた。

「ハハハ、それはないですよ、わたしが証人だから、あんたが罪に問われることはないね。子供たちが素手ならともかく光ものまで持っていちゃあね。ただ、少年法も変わったし、こいつらを警察に突き出したら、もう将来なくなりますからねぇ。ぶん殴って終わりにしてやったほうが良いんじゃないかと、まあ、ちょっとそんな気がしましてね」

と、やっと仲間を助け起こそうとしている若者の頭をもう一度拳骨で殴り飛ばした。

「もう一度訊くぞ、おまえ、『七つ星高』の生徒か？」

「ち、違います」

それを聴いてちょっとホッとした気になる敏三だった。

と、まあ、そんな一幕が実は三日前にあったのだ。

「あんた、相当強いねぇ、いやぁ、驚いた。柔道は相当?」

悪ガキたちが息も絶え絶えの様子ですごすごと逃げて行くのを見送って敏三がそう言うと、突然歯医者は置物の熊に戻り、

「……いえ……昔、ちょっと齧っただけで……」

などと、もごもご応えるだけだったのだ。

その歯医者の側に座り、敏三はカウンターの向こうから唄子さんに渡されたウーロン・ハイを一口啜《すす》り、あらためて件《くだん》の人物を眺めた。どうして今まで気がつかなかったのか、と敏三は思った。自分と同じで歯医者の耳はカリフラワー、つまり餃子《ぎょうざ》のような耳をしていたのだ。この餃子耳は柔道家の勲章《くんしょう》のようなもので、寝技で柔道着が耳に当たり、それで餃子のように変形する。だから、一目見ればこの歯医者が柔道経験者だと言うことがわかったはずなのだ。三日前の夜の動きを見れば、初段や二段くらいの段位でないことは一目瞭然だった。いやぁー、人は見かけによらない。敏三は、自分に人を見る目がないことを自覚せんとならんな、と心底思った。そして、人を見る目のないことを教えられることが二日後にもう一度起こった。これもまた唖然とする出来事なのだった。

十四

敏三はダイニングのテーブルに肘をつき、シンクのそばで挽肉《ひきにく》を練る奈々ちゃんを眺め、あらためて『大したものだなぁ』と感心した。出る所は出て引っ込むところは引っ込み、なんともスタイルが良いのだ。ミニ・スカートから伸びる足は細く、毛など生えていない。今日のこの奈々ちゃんは暑いのでTシャツとミニ・スカートというでたちだから、胸の膨らみなどいっそう際だって見える。『男のくせに、まったく……』と、また敏三は小さく呟く。

「なにか言った?」

と、手元から目を離さずに奈々ちゃんが言う。

「ううん、なにも」

「あたしのこと、見てるでしょ」

「そりゃあ、見てるさ」

「どこを見てるの?」

「まあ、そうさなぁ……」

と、また敏三は奈々ちゃんの胸の辺りに目をやる。

「おっぱいでしょう?」

奈々ちゃんがズバリと言う。

「当たった」

「やっぱりね」

「いやー、人工かも知らんが、良い格好なもんだなー、と感心しとった」

「そりゃあ、苦労したからね。良い格好にするの、そりゃあ大変なんだから」

「ほう」

「手術の後、痛いのに、我慢して揉み続けるの。揉まないと、良い格好にならないの」

手伝いたかった、と言いそうになり、慌てて口を閉じた。

「触ってみたい?」

敏三は天井を見上げる。天国にいる亡妻に、

(……どうかな、あんな格好しとるが、男なんだからかまわんかな?)

と、訊いてみる。返事は無い。仕方なく、残念そうに奈々ちゃんに答えた。

「いや、止めておく」

奈々ちゃんが笑って言う。

「遠慮しなくてもいいのに、十段さん。男の子のおっぱいなんか触ったことないでしょう?」

男のおっぱいどころか、敏三は亡妻以外の女性のおっぱいも触ったことがない。奈々ちゃんが続ける。

「そりゃあ、ないよ」

「面白いよ」

「そうかね」

「だって、女性のものとは違うんだもの」

興味はさらにつのる。

「どう違うんだ？」

「だからさぁ、触ってみればいいでしょう」

また敏三は天井を見上げる。

「いや……遠慮しとく」

どこが楽しいんだか、この男娘は月に一度はこうして食材を持って敏三を訪ねて来る。

「年寄りの所なんかに来て何が楽しいんだ？　ほかに楽しいことがあるだろうに」

と訊くと、

「そんなことないですよ、お年寄りは知恵の宝庫でしょう。事典に載ってないことだって知ってるし。そのままそんな知識持って死んじゃったらもったいないじゃあないですか」

などと、なかなか良いことを言う。

「それにね、ほら、あたしって、父親いないでしょう？　お爺ちゃんもお婆ちゃんもいないしね。だから、なんだろ、十段さんのところに来るとね、ほっとするって言うか、こう言っちゃあ悪いけど、なんか田舎に帰って来た、ってそんな感じするんですよね」

この台詞に、敏三は鼻の奥がツーンとしてしまう。

「それなら、いつでも来て良いよ。だけど、金払うから何か旨いもん作るんだぞ」

もちろん奈々ちゃんに食材の金を使わせることは出来ず、

「要りませんよ、あたしが勝手に来るんだから」

という奈々ちゃんにはちゃんと二回に一度は一万円札を握らせて帰す。

今日の奈々ちゃんが選んだ料理はハンバーグである。

「アメリカの牛肉なんかじゃあないのよ、本物の和牛。米沢《よねざわ》牛」

と、奈々ちゃんは胸を張り、玉葱《たまねぎ》を炒め、肉を捏《こ》ねた。

「大丈夫、塩分は控えめにするからね」

料理の腕は自慢するだけあってなかなかのものである。普通、つなぎはパン粉を使うが、ここでも奈々ちゃんは手間を掛ける。パン粉の代わりに、つなぎは食パンの耳を落としたところを牛乳に漬けて、それをつなぎに使っている。

肉と炒めた玉葱に食パンの牛乳漬けのつなぎを混ぜて捏ね、形を作ると両手でキャッチボールのように肉塊《にくかい》を叩きつけて空気抜きをする。良く空気を抜いておかないと、フライパンで焼く時にハンバーグが割れてしまうからだ。奈々ちゃんが言った。

「それで、十段さん、ママとどこへ行ったの？」

「ん？」

奈々ちゃんのおっぱいの鑑定に夢中だった敏三は、訊き返した。

「ママが、なんだって？」

「だから、このまえ、ママとどこへ行ったか訊いたの」

「ああ、あの時か。レストランだ」

「それは知ってるわよ。だから、どこのレストランかって訊いてるの」

「イタリア料理店だよ」

と、敏三はターミナル駅にあるイタリア料理店だと教えた。

「ふーん、名前は？」

「なんかややこしい名前だったから覚えておらんよ。旨かったよ、なかなか」

本当は、凄く緊張していて味などまったくわからなかった。何で緊張したのかは、いささか説明を要する。

二日前、敏三は美奈子さんの指示で彼女の店に七時に迎えに行った。当番の護衛の日だったからである。通常は、飯を済ませて八時半過ぎに行くのだが、食事はしないで七時に来るように、という特別の要請だったのだ。店にはこれまで何度も迎えに行っているから、店のスタッフの名前も顔もみんな覚えている。痩《や》せた出っ歯の女性が久美子さん、ぽっちゃりした三十代の女性が昌子さん、二十代後半の派手な、若い痩せた女性は新人の綾子さん。その夜は男娘の奈々ちゃんは非番でお休みだった。

「はい、今晩は」

小雨なので、傘を差して来た敏三は、水気を払って店に入った。客が一人いたが、敏三と入れ替わりで帰って行く。女性たちが笑顔で一斉に、

「ご苦労様でーす」

と声を掛けてくれる。

「ママさんは？」

堀越美奈子氏だけ姿が見えない。

「いま、お支度中」

と、昌子さんが掃除《そうじ》の手を止めて笑う。何だか、妙に明るい雰囲気だなぁ、と敏三は取りあえず、客のために置かれているソファーに腰を下ろした。一番若い綾子さんがすかさず冷たい麦茶を運んで来る。なかなか旨い麦茶だった。半分飲んだところで美奈子氏がやって来た。いつもと違い大きめのマスクをしている。麦茶を注ぎたそうとしていた綾子さんが、

「ママはアレルギーなんですよぉ。何かお店で使う薬品が合わなかったみたいで」

と小声で囁いた。立ち上がった敏三は、ただ呆然と近づく美奈子氏を見つめた。

（な、なんだ、なんだ、これは……！）

「お待たせいたしました、すいません、こんな格好で」

と、美奈子氏が微笑む。いや、マスクをしているから微笑んだかどうかはわからない。大きな目が細くなったから、たぶん微笑んだのだろう。愕然とするのはその目だった。つぶらな、黒く、それでいて透《す》き通ったような、まるで吸い込まれるような、なんとも凄まじく綺麗な目なのだ。

（……うーむ……）

と、敏三は唸った。マスクをした美奈子氏は、間違いなく天麩羅蕎麦級の美女だった。いや、天麩羅蕎麦でも特上天麩羅蕎麦だ。敏三がまだ青少年と言われていた昔、世界一の美女はハリウッド・スターのエリザベス・テーラーだった。グレース・ケリーなんてのもいたが、そんなものは問題では無く、何が何でもトップはリズ様だった。マスクをした美奈子氏は、なんとそのエリザベス・テーラーを凌《しの》ぐかもしれない美女なのだ。

怪しいまでの目の魅力に、正直、敏三は金縛りにあった気がした。マスクの下に鰻の歯が潜んでいるとはとても思えない。呆然とし、物も言えない敏三の腕を取るように、美奈子氏は外に出た。いつの間に呼んだのか、店の前にタクシーが待っていた。

「どうぞ、お乗りになって。雨ですから、車で行きましょう」

と、美奈子氏は敏三に車に乗るように勧《すす》める。

「いや、あんたから、どうぞ」

やっと我に返った敏三はそう応え、無理矢理、美奈子氏を先に車に乗せた。

（うーむ……人は、見かけによらんものだ……）

見かけによらないのではなく、自分が実は観察眼が無いだけなのかも知れないと、敏三はショックだった。女性鑑定に関してだけは人に負けないと、自負していたが、それも怪しくなった……と、敏三は隣に座る美奈子氏の横顔を盗み見た。見返す美奈子氏のきらめく目が細くなる。微笑んだのだ。

（なんだ、なんだ、止めてくれ。そんな目で微笑まれたら、男ならみんな陥落だぞ）

敏三は本心からそう思った。自分は今までこの人の何を見ていたのか……。何を見ていたかは、もちろんわかっている。口だ。鰈のような口と歯だ。噛みつかれたらどうしようと、誰もが不安と恐怖心を抱く口元だ。その口元が隠されてしまえば……突然、この女は世界一の美女に変身する……！

「……で、これからどこへ？」

やっとの思いで口にしたのは行き先だった。

「今日はデート」

「は？」

「いつもお世話になっていますでしょう、ですからたまには『大松』ではなくて、ちょっと気取って遠出をいたします。イタリアンなんですけど、よろしいでしょう?」

特別製の美女に腕を取られてそう告げられたら、そいつを断れる男なんかいるか? そうなのだ、信じられないことに、その時、敏三の隣に座って腕を取る体の大きな女性は間違いなく誰もが悶絶《もんぜつ》するほどの美女だったのだ。

ここから敏三はド緊張が始まった。目指すイタリア・レストランに着いて美奈子氏がマスクを外しても、この緊張は解けなかった。恐ろしい歯が剝き出されても、敏三の目はひたすら彼女の目に吸い込まれ、今度はどうしても口元に目が行かなくなってしまったのであった。

出来上がったハンバーグに舌鼓《したつづみ》を打って食う敏三に、

「どう、十段さん? おいしい?」

「ああ、まさにプロの味だな、どこのハンバーグより旨いぞ」

「よかった」

と、奈々ちゃんは嬉しそうに言う。

「この前、その名無しのイタリアンで、十段さん、何を食べたの?」

「うーむ……」

ハンバーグにたっぷりデミグラスソースをつけ、敏三は考えこんだ。何を食べたかは完全に忘れていた。

「覚えておらんな。いや、物忘れがひどくなったわけじゃあない。ちょっと、緊張しとってなぁ」

「あれぇ、十段さんが緊張したの？　なんでよぉ」

付け合わせのサラダを口に運んだ奈々ちゃんが驚いた顔で訊き返す。

「ああ、えらく緊張した……実はな、これにはちょっとわけがあってな」

と、敏三は正直に当日の衝撃的な出来事をこの男娘に聴かせてやった。聴き終わって笑うかと思った奈々ちゃんは、笑わなかった。

「そっかー、ママが美人に見えたってことね」

と、真面目な顔になって言った。

「……それまでは、ママが本当は凄い美人だって、十段さん、知らなかったんだ……」

「ああ、あの人には悪いが、そう思ったことはなかったな。いや、そうじゃないか……それどころか、気の毒であまり顔を見ないようにしていたよ」

「顔を、見ないように？」

「ああ、そうだよ。だってな……ほら、あの人、何て言うか、特別な口をしてるだろ？　時と場合で、何かなあ、食われてしまいそうな気になったり……ま、そこまでは思わんにしてても、やっぱり気になる口元だからな。で、知らんうちに、こっちの目が口元に行ってしまう……向こうだって、嫌でも気がつくだろう、向かいの男がどこを見てるか。だから、なるべく顔を見ないようにだな、わしはわしなりに気をつかっておったわけだ。それがだ、あの日はマスクをしてて、それで口元を見ないで済んだ。その代わり、目元を見たんだ。仰天したな、魂消たよ、実際。凄い目をしとった……わしはこの歳まで、目だけで言えばだが、あれほど凄い目の女の人に会ったことはないよ。普通に綺麗な目、と言うんじゃあないぞ。特別な奴だな。怪しいと言うか、吸い込まれる、と言うか、男なら何かおかしくなっちまうような目のわけだ。まさに魔性の目だな、ありゃあ。そんなわけでさ、わしもおかしくなって、金縛りに遭ったようでな、まさに蛇に見込まれたカエルだな。だから、いつもは得意な観察がだな、出来んような状態だったわけだ。ま、正直に言うが、食ったもんも良く覚えておらんよ」

フォークの手を止め、奈々ちゃんはじっと敏三を見つめままだ。

「なんだよ、おまえさん、わしの話を疑っておるのか?」

奈々ちゃんは真面目な顔で首を横に振った。

「じゃあ、なんだ?」

しばらく敏三を見つめていた。そして、男の声で言った。

「十段さん……惚れたね、ママに」

「ええっ？」

「ママに惚れる男は……十段さんだけじゃないよ。良く物を見ることが出来る人なら、みんなママに惚れる……わかったでしょう、十段さん。ママを狙うストーカーは本当にいるんだよ。そして、そのストーカーは、ママだけを狙うんじゃあないの。前に言ったでしょう？　ママに惚れた男も狙う……これは絶対。殺されちゃうかも知れない……ママに惚れるってことは、命懸《か》けるってことなの。怖い、と思ったら、十段さん、手を引いて。おかしな結果になる前に。何なら、あたしからママに上手く説明してもいいから」

敏三はまた天井を眺めた。敏三も真面目な顔になって言った。

「あのなあ、別に惚れたわけじゃあないよ。それに、おまえさんが心配してくれるのは有り難いがな、どんなストーカーか知らんが、わしがそいつにやられるようなことはない。歳はとったが、まだ体は思ったように動くしな。暴漢の一人や二人、相手に出来んようなら、最初から用心棒なんか引き受けたりせんわな」

ハハハ、と笑おうとしたが、何だか引き攣ったような笑いになった。

（わしは、あの巨女に惚れたのだろうか……？）

また天井を見上げ、

（まさかな）

と、敏三はこれは心の中で呟いた。

十五

奈々ちゃんからさんざん脅された翌日、敏三は昼時を狙って、『七つ星署』を訪ねることにした。署長の甘利から堀越美奈子氏の情報を得ることと、永《なが》く『七つ星交番』に勤務していた桜田という元警官の連絡先を聞き出すことが目的である。

署の玄関を入ると突き当たりのカウンターの先に机に座っている中年の警察官が見えた。名前は知らないが、敏三の見知った顔である。

「よう、元気か？」

カウンターの前に立つと、その警察官が敏三の顔を見るや、

「おおっ、ジュウ……！」

と言いかけて、慌てて手で自分の口を押さえる。

「元気にやっとるかね？　で、署長はおるかい？」

「あ、署長は面会中、いや、もとい、多分……外出中かと」

と立ち上がる。

「おいおい、嘘はいかんぞ、嘘は。嘘は泥棒の始まりだ。警察官が泥棒になってもいいのか、あ？」

真っ赤になったその警察官が慌てて机の電話に手を伸ばす。

「いいよ、署長室に行く」

敏三は勝手知った署長室に向かって歩き出す。血相を変えて受話器を耳に当てている警察官を確認し、敏三は素早く玄関に引き返し、そのまま署の裏口に向かった。敏三が裏口に立つとすぐに署長の甘利が制服の上着を抱えて飛び出して来た。この署長は学習が足りない。以前にも同じ手で敏三に捕まったことがあるくせに、どうしてこうなのか、と敏三は首を傾げる。

「おう、甘利くん」

敏三の姿にゲッとなって甘利署長は立ち止まった。

「狭い日本、そんなに急いでどこへ行く」

その昔、交通標語かなんかに使われた言葉である。

「み、三船監督！」

「昼飯時にどちらへ？　わしが来たから慌てて逃げだそうなんて言うんじゃなかろうな。まさかそんなつれないことはせんよなぁ、かつて同じ釜の飯を食った仲間に」

額の汗を手の甲で拭き、甘利署長が慌てて答える。

「め、滅相《めっそう》もない」

「どうせあんた昼飯だろ？　だったらおごるよ」

「い、いや、自分はちょっと」

「何がちょっとだ、無駄な抵抗はするものではない。観念してたまにはわしと付き合え！」

敏三が署の裏口に向かったことを知った玄関番の警察官が飛んで来た時にはもう署長は完落ちしていた。

「署長と昼飯を食って来る。突発事案が起こるまで携帯なんかにかけるな、と署長が言っておる」

もちろん署長の甘利はそんなことは言っていない。

「では、ごめん」

と、敏三は唖然としている警察官に挙手《きよしゆ》の礼をして、署長の腕をがっしり取った。その手は滅法力強く、甘利署長の力では到底外せない。

敏三が甘利署長を連れて行った先は、署から一番近い蕎麦屋だった。

「あんた、健康のことを考えて出前の蕎麦ばかり食っておるんだろう。蕎麦は出前より店で食うほうが何倍か旨いよ」

店は昼時でもさほど混んではいなかった。客が少ないのは、この店の蕎麦が不味いからである。

「ザルの大と普通のモリだ。打ち立ての旨い奴を頼むぞ」

　と、敏三は冴《さ》えない男の店員に注文する。

敏三の向かいに座った甘利署長はぐったりとして大人しく腰を下ろしている。甘利署長は、こう考えている。ついてない日だ。どうせなら天ざるくらい食わせれば良いものを。

そんな甘利署長の心の中を見透かしたように敏三が言う。

「出来れば特上の天麩羅蕎麦など食わしてやりたいんだが、君はなにせ我が市民の平和と安全を護っておるヒーローだからな、コレステロールの高い揚げ物などは食わんことだ。蕎麦はモリ、これが一番」

　などとケチくさいことを言う。

「先日、母校の……いや、『七つ星高』ではなくて、わしの出た大学のほうだが、そこの夏期合宿に久しぶりで参加して汗を流したが……あんた、今でも『七つ星高』柔道部の顧問しとるのかい？」

甘利としては何よりも思い出したくない青春の記憶、それがいつも補欠だった『七つ星高』柔道部の思い出だった。この話を頭に振ればもう甘利が蛇に見込まれたガマガエルになることを敏三は知っている。

「い、いえ。今はいたしておりません」

と額から流れる汗を、小さく固まった甘利署長が、今度はハンカチで拭く。

「そうか、それはいかんなぁ。あんたが辞めたから『七つ星高』柔道部があんなに情けないことになったんじゃあねぇのか。今の『七つ星高』はどん底だそうじゃあないか。活を入れんといかんのじゃあないかね」

気の毒な署長がまた汗を拭く。今は哀れにも小さくなっているが、署に戻ればこの男も神様のような存在なのである。

「どうだ、一度、先輩たちを集めてだな、強化合宿をやってはどうかね？　先輩たちも昔のように現役たちに混じって、実戦稽古をしてだな、かつての輝ける青春を思い出す。その後に鋭気《えいき》を養う。稽古の後に飲むビールは旨いぞ」

猛稽古の後、甘利はそんな旨いビールなど飲んだことは一度もなかった。稽古中、二度も三度も目の前に座る監督の十段に締め落とされた記憶しか残っていないのだ。稽古の後は死に体で、ビールを飲ませてもらうどころか、あまりのダメージで、自分では水を飲む力さえ残ってはいなかった。あれは……地獄……。甘利署長はその記憶に、胃が喉《のど》のあたりまでせり上がって来る気がした。

「どうだい、思い出したかい、青春時代を。君はまこと、柔道部の鏡、みんなの希望の星だったなぁ」

「え？」

「泣きながら、毎日泣きながら稽古をしておった」

甘利署長にとっては一番思い出したくない屈辱の歴史……それなのに、俺を希望の星だったなんて……あんまりだ、あんまりだ。甘利署長は本当に、ここで泣きたくなった。

「嫌みや冗談で言ってるんじゃあないぞ。今でもはっきり覚えているがな。泣きながら稽古を続ける君を見て誰もが発憤《はっぷん》したのだ。甘利が泣きながら頑張っているんだから、俺たちも頑張らなくては、とみんな立ち上がったのだからなぁ。甘利君、君こそ本当のヒーローだ。大切なのは結果ではなく、その過程だ。そうだろう、甘利署長？」

嘘である。仲間たちは友達甲斐もなく、ただ毎回締め落とされる甘利を見て恐怖し、監督の特訓を受けないことを祈って必死に稽古するふりをしただけである。何がヒーローなものか。あれはまさに生《い》け贄《にえ》だった……。

ザルの大盛りとモリ蕎麦が運ばれて来た。

「おう、来た、来た。さあ、遠慮なく食え。今日はわしのおごりだ」

もちろん大盛りザルのほうを敏三が取る。ガッと箸で蕎麦をすくい、付け汁に蕎麦をどさっとつけて口に運ぶ。スルスルではなく、蕎麦はガバッと飲み込まれる。

「あまり旨くないなぁ」

と、敏三は店の従業員に聞こえるような声で言う。甘利は声も無い。

「おい、食欲がないのか？　いかんなぁ、夏バテには負けずに食うのが一番だぞ。日夜市民の安全平和に尽くしておるんだ。精をつけんといかん。遠慮はいかんぞ、遠慮は」

ただのモリ蕎麦で精がつくか、と言いたいが、むろんそんなことは言えない。ただ蕎麦を力なく見つめるだけの甘利署長である。敏三はと言えば、付け汁に今度は七味唐辛子をどさっと注ぎ込む。そんなに入れたらすぐに七味唐辛子が無くなってしまう……！　と、思うが、それも言えない。

「……で、本日は、いったい……？」

やっと気を取り直し、割り箸を手にした署長がおそるおそる訊く。

「うむ」

七味を入れすぎたのか、敏三がグフッとむせる。

「監督！」

「大事ない、大事ない、食せ」

こうなるともう殿様である。

「は。で？」

署長としては蕎麦を食うどころではない。ただひたすら、敏三がどんな無理難題を持ち出して来るのか、それしか頭にない。

「うむ。実はなあ……」

七味唐辛子で真っ赤になった蕎麦を飲み込み、敏三がやっと用件を口にする。

「一つ。堀越美奈子嬢のストーカー事件に関する情報」

「堀越美奈子嬢のですか？」

「そうだ。二つ目。すでに退官した桜田という警察官の連絡先」

意外な要求にほっとし、それから困惑した。

「あの、堀越美奈子というのは、駅前の美容室の？」

「そうだ。アーチストの堀越さんだ」

「アーチスト？」

敏三が苛立《いらだ》ちを見せて言った。

「だから、パーマネント屋の堀越さんだよ、堀越美奈子」

ここでやっと甘利署長に余裕が生まれた。

「ああ、わかりました、あのストーカーの一件ですな」

そこで敏三が釘を刺す。けっこう太い釘である。

「おい、あれは狂言だなんて言うなよ。そういうことを署長自ら言ったと記録に残るとだな、後に署長の地位に影響するやも知れんぞ。メディアというやつはまったく厄介《やっかい》だからなぁ。誰かが、ほら、携帯なんかで録音しててさ、後で週刊誌に、あの時、禿げの甘利という署長が、あれは狂言だと言って、肝心の捜査を怠っていた、なんていう奴が載るかも知れん。くわばら、くわばら」

また署長は蒼くなり、思わず周囲の客に視線を走らせたりした。

「で、捜査がどこまで進んでいるのか、聴かせていただきたい。わかったな？」

「わ、わかりました。わかりましたが……その、件《くだん》の案件と、監督と、いったいどのようなご関係が？」

「わしは、堀越美奈子嬢のボディガードを務めておる」

「ボディガード！」

「さよう。ま、平たく言えば用心棒だな、ほれ、黒澤明の映画で三船敏郎が演《や》った、あれだ」

と、敏三は残りの蕎麦をまたガバッと口に入れ、しゃあしゃあと言った。

かつては補欠の柔道部員であっても署長になっただけのことはあり、禿げの甘利の口はさすがに堅かった。堀越美奈子に関する情報は『七つ星交番』の小野寺巡査部長が口にしたものと大差なかった。なかなか強《したた》かであったのだ。

「もちろん狂言などと思っておりません、はい。ただ、なんでして、脅迫の手紙も、チラシ裏に書かれた実に杜撰《ずさん》なものでありまして。いえ、実際にチラシ裏に書かれた物ではないです、これは譬《たと》えで。本物は、ちゃんとしたコピー用紙にワープロで。ただ、まあ、いたずら、と言いましょうか、書かれている文面も実にいい加減と言いましょうか……いえ、いたずらだと考えているわけではありませんよ、監督。わたしどもとしては、ちゃんと巡回を強化いたしまして、当署でもっとも将来を嘱望《しょくぼう》されている超優秀な署員二名を

『七つ星交番』に増員、配置をいたしまして……たとえメディアに突かれても、自分といたしましては、心に一点の曇《くも》りなく、といった心境でありまして」

と、今度は敏三が翻弄《ほんろう》される側に廻ったのだった。

禿げ狸め、やはり現役の警察官だから、たとえ軟弱な男でもさすがに口が堅いものだな、と、それなりに敏三は感心した。ただし、これは守秘義務にはそれほど触らないのか、『七つ星交番』に永く勤めた桜田という元警官への連絡先は簡単に教えてくれた。

「すまんな。ついでにあんたからわしが会いたがっていると連絡を入れておいてくれんか。変な爺いからの電話では断られる恐れがあるんでな」

「わかりました、わかりました、お安いご用です」

解放されるなら、とこれは二つ返事で引き受けた甘利署長なのだった。

翌日、敏三は桜田という元警官と駅前の喫茶店で会った。退官後はどこやらのスーパーの警備員をしているとのことだった。

敏三が店に入ると、戸口の側の席に座っていた実直そうな男が立ち上がり、ゴマ塩の短髪頭を思いっきり低くして、

「お久しぶりでございます。桜田でございます」

敏三も、顔はしっかり覚えていた。交番勤務時代のこの男の評判はなかなか良かったこ

とまで思い出した。

「おう、桜田さんというのは、あんただったか」

「三船先生もお元気そうで」

どのくらい待っていたかわからないが、桜田の前には水の入ったグラスだけが置いてあり、何も注文していなかったようだった。

「お待たせしたようだな……時間を間違えたかね？」

と、水滴がついているグラスを見て言った。

「いえいえ、たった今来たばかりでして」

どうやらかなり早くからやって来て、敏三の現れるのを待っていたらしい。どういうことのないたぬき饂飩クラスのウェイトレスに敏三はコーヒーを二人分注文して煙草を取り出した。

「煙草をお吸いになるんですか？」

と、元警官がちょっと驚いた顔をする。

「あんた、吸わんのかね」

「は。家内に言われて、十年前に止めました」

「ほう、それは感心。良い奥方だなぁ。最近はこんなもんまで高くなったからなぁ、吸わんほうが絶対に良いよ。家人にも迷惑がかかるからねぇ。ほれ、人の煙草の煙で癌になったり。あれ、副流煙、とか言ったよなぁ。はた迷惑はなはだしい」

　と言いながら、敏三は盛大に煙を吐き出す。

「で、あんた、退官後も働いているんだってね」

「はい、働いております」

「スーパーに勤めておられると甘利くんから聴いたよ」

「その通りでございます」

　甘利から事前説明をじっくり聴いていたためか、この桜田の応答はひたすら慇懃《いんぎん》である。

「どうかね、第二の人生は」

「は。何と言いますか……けっこう辛いものがございまして」

「へえー、警官時代より辛いのかね、仕事が」

「いえ、仕事そのものは辛くはないのですが、なにせ万引き犯を捕まえるのは、あまり気持ちの良いものではありませんで」

「泥棒を捕まえても気持ち良くない？　だってお主は生活安全課だったんだろう？」

「はあ。万引き犯はお年寄りが多いものでして……」

「ほう」

「自分の母親のようなお年寄りのバッグから、昆布の佃煮《つくだに》のパックとか、煮豆のパックなどが出てまいりますと……何か辛い気分になりまして……」

「なるほど、そういうものかねぇ」

「は。それが常習犯となりますと……情けないと言うか、何と言いますか。盗んだ物が、安値のものだと特に……まあ、とは言っても、スーパーの利益率はもの凄く低いですから、万引きされたら被害分を販売で取り戻すのは大変なわけでして」

敏三は、短髪ゴマ塩頭の桜田をあらためて眺めた。息子の幸一郎などのキャリア組と違って、ただ公務員試験を受けて警察官になったのであろうこの男は、ずっと永いこと交番勤務を続けて来たのだろう。退官の時にちょいとだけ階級を上げてもらってやっと警部補くらいか。本当に永いことご苦労さん、そんな気持ちで敏三はコーヒーをする桜田を見つめた。

「で、本日は、自分にどのようなことを?」

「署長の甘利くんから聴いていないのかい?」

「伺っております。あの堀越美奈子さんに関することだというふうに伺っておりますが」

「だったら話が早いな。あんた、『七つ星交番』の勤務は永かったんだろ?」

「都合、十年ほど勤めさせてもらいました」

「だったらさ、あの人の家のこと知ってるよな」

「家のことですか」

「そうだよ。あんた、家庭訪問とかしたんじゃないの？」

「はい、いたしました」

「だったら、そうだねぇ、昔のことを教えて欲しいんだが」

「昔のことですか」

「うん。あの人が誰と住んでいたか、結婚歴はあるのか、無ければ、付き合っていた男はいたのか。まあ、そういったようなことだ」

実直な男の顔が突然海千山千というものに変わった。

「駄目ですよ、三船先生。個人情報はお教え出来ません」

と、それまで大人しかったゴマ塩が首を横に振る。

「おいおい、個人情報、個人情報って、そんな大袈裟なもんじゃねぇだろう。ただご亭主がいたとか、いないんだったら、それに類する男がいたとか、そのくらい話してくれたっていいだろうが。こっちは何もただの興味で訊いてるんじゃないんだぞ。用心棒としてだな、一応過去の出来事を把握しておかんと仕事にならんと、そう言っておるだけだ。それともなにかい？もし何か起こっちまったらどうなる？あの時に協力してくれと頼んだのに、元担当だった警察の人間はそいつを断った、って、そういうことになるんだぞ」

「ええっ、何か、起こりそうなんですか？」

不安顔になって訊いてきた。

「ああ、起こりそうだ」

「どういったことでしょうか？」

敏三は短くなった煙草を灰皿でもみ消し、腕を組んだ。

「そいつは、駄目だ、言えない。用心棒にも守秘義務があってなぁ」

「は？」

「危険な、かなり危険な状況下にある、とだけ申し上げておく」

「本当ですか」

「わしは、警察官ではないから嘘はつかん」

「え？」

「で、あの人に、あの人と言うのは堀越美奈子嬢のことだ。そもそもあの人は結婚していたのかね」

不安顔のまま、それでも少しは答えるようになってきた。

「いえ、あの方に、結婚歴はなかったように把握しております」

これは美奈子嬢の言っていた通りだ。

「あんたの知っている頃は、あの人は古い家に住んでいたんだよね？」

「と、言いますと……堀越さんは引っ越されたんですか？」

ゴマ塩頭は彼女が父親の死後に引っ越したことを知らないようだった。敏三がそのこと

を教えてやると、

「そうだったんですか……あのお年寄りも、それではお亡くなりになったんですなぁ」

と悲しそうな顔でコーヒーをすすった。

「ああ、堀越嬢の父君を知ってるんだな?」

「ええ、良く存じています。いつも歩行が難しくなられたお父さんと手をつないで歩いておられましたから」

「ほう」

「堀越さんは、一部で気の強い女性だと言われておったようですが……いや、なかなか親孝行な方でしてね」

「初めて聴くよ。親孝行だったのかい、あの人は」

敏三は何だかちょっと嬉しくなって、そう訊き返した。

「ええ、そうですよ。また、親御さんのほうも大層堀越さんのことを可愛がっておられましてね。なにしろ母親がいなかったもので。男手一つで育てられたからですかね、本当に羨《うらや》ましいような父娘でしたね」

「母親ってのは、早くに死んだのかね?」

「いや……もう亡くなっているのかも知れませんが……死別ではないです。蒸発ですかね」

「なに、母親が蒸発した？」

「いや、蒸発したというんではなくて、男を作って逃げたとか、まあそんなふうに聴いておりますが」

個人情報を口にしたことに気づいたのか、ゴマ塩が慌てて口を閉じる。

「で、その母親は帰って来なかったんだな、家に」

「私の勤務していた当時は、帰って来なかったと思います」

と、重い口でやっと言った。

「もう一つ。それじゃあ、あの人はずっと父親と二人で暮らしていたのかい？　男も作らないでさ」

「いやいや、二人ではなかったですな」

「やっぱり男がいたんだな？　結婚はしなかったが……」

敏三が身を乗り出す。

「いえ、そうではなくて」

と、ゴマ塩は笑顔になった。

「あそこのお宅にはいつも大勢の同居人がいたんですよ」

「同居人が」

「ええ。お店のスタッフというんですか、みなさん堀越さんのお宅で暮らしていたようですね。結婚されて出て行かれた人もいるんでしょうが、自分が知っていた頃は、二人か三人、同居されている方がいましたね。みなさん女性でしたが……」

と言って、

「あ、一人男もいましたか」

「男？」

「男と言っても女と言ったほうがいい男ですよ。まあ、女の格好をした男の子ですか」

敏三にはゴマ塩が誰のことを言っているのかすぐにわかった。それは松田奈々という子ではないか、敏三が言うと、

「ええ、多分そうです、その少年ですね。他の女の人たちが一人二人と結婚かなんかしていなくなっても、その子だけは残っていましたよ。堀越さん父娘がとても可愛がっていて、まるで自分のお子さんのようにされていましたね」

と、ゴマ塩が懐かしそうに言った。

「じゃあ、あの子はけっこう前からいたのかね」

「かなり前からだと思いますよ。学校も、あそこから通っていたんではないですかね」

「学校？　あの子は成人してから堀越さんの店で働くようになったんじゃあないのかい？」

「違うと思いますよ。施設にいた子ですから。それを堀越さんの親御さんが引き取った

と、そんなふうに聴いております」

敏三は首を捻った。奈々ちゃんは、自分には母親と妹がいると言っていたのではなかったか。女として生活したいと、母親に相談したと言っていたのではなかったか。敏三は、うーむ、と唸った。このゴマ塩の言うことが本当なら、何で奈々ちゃんはそんな嘘をついたのか。自分には親も妹も居るのだと、そう思いたかったのか……。わしの所に飯を作りに来るのも、家庭の匂いが味わいたかったからなのか。わしを、可愛がってくれたという堀越美奈子の父親を重ねてのことなのか。何となくあの男娘が可哀想になり、

「それで……堀越嬢の父君が他界されて、あの男娘はその家を出たわけかね」

「自分が交番勤務の時分はまだあの家にいたと思いますが」

「うーむ。その後か……」

「もっとも、今話したことは、これは確認したことではないですから自分が間違っているかも知れません。ですから、情報だとは思わないで欲しいですが」

「わかった……未確認情報だな」

「いえ、情報ではなく、ただの個人的な見解ということで」

「了解した。あんたに迷惑を掛けるようなことはせんよ。情報の入手先は決して口にしない、というのがジャーナリストの決まりだ」

「え？」

「ま、わしはジャーナリストではないが、完黙するから心配ない。ハハハ」

敏三は笑ったが、何やら疑り深そうな顔になったゴマ塩頭は、

「三船先生……さすが、ご子息の親御さんだけあって……誘導尋問がお上手だ。自分はちょっと喋り過ぎましたか……我ながら情けない」

と、肩を落として冷めたコーヒーを一口すすった。

十六

その日の校長先生は鶏小屋ではなく山羊《やぎ》小屋の前に座っていた。敏三は芋焼酎入りのペットボトルを提げてまずは校長の前にあるキャンバスを覗く。今日の題材は当然ながら山羊小屋の前であるから若冲の鶏ではなく山羊である。松本画伯が描く山羊は……敏三の目が悪いのか、山羊には見えず羊に見えた。さらに良く見ると、羊でもないことがわかった。体はでっぷりしているが、羊と違うところは鼻が山羊にしては異様にでかいことだ。そうか、と気づいた。豚だ、豚、豚。

「ホホッ！」

敏三が後ろに立ったことに気づいた校長先生が嬉しそうに叫ぶ。

「三船先生……わざわざ来られんでもいいのに……」

手に提げた重たい袋を持ち上げて見せる。

「だって校長先生、もう無くなっちまったでしょう」

「ホホホッ。すいませんなぁ、いつも、いつも」

老人ホーム『希望の大地』は今日ものどかである。敏三は校長先生の車椅子と絵の道具を日陰に運び、折りたたみ椅子を持ち出して隣に座った。

「今日は、唐揚げにしました。いや、スーパー辺りで買った物ではありませんぞ。自家製、自家製」

焼酎入りのペットボトルに紙コップ、別の手提げからパックに入った唐揚げとポテトサラダなどを取り出す。紙コップは小さい奴で、これは敏三が通院する病院の給水器に備えられていたものを失敬してきた物である。焼酎を一口飲み、校長先生は唐揚げに割り箸を伸ばす。唐揚げは入れ歯の校長先生のことを考えてみんな柔らかい胸肉を使っている。

「美味しいですのぉ。本当に亜矢子さんは料理が上手だ」

校長先生はまだ敏三の妻が生きていて、土産の料理を作ったものと、そう思っている。敏三は妻の亜矢子がとうの昔に亡くなってしまったことを言えずにいる。敏三に対するように、校長が亡妻のことも自分の娘のように愛してくれていたことを知っているからだ。

最初の一杯をあっさり飲んでしまった校長先生に敏三は二杯目を注ぐ。二人の前を職員の大場駒子さんが籠《かご》を抱えて通りかかる。籠の中身はアヒル、いや、ここの鶏が産んだ卵がどっさり入っている。

「あら、三船先生、いらっしゃい！」

駒子さんはいつも溌剌《はつらつ》としている。

「はい、こんにちは」

敏三が手にしているペットボトルを見て、駒子さんはにっこりする。

「日差しがきついですからね、水は沢山《たくさん》飲んでね、熱中症が怖いから」

「はいはい」

ペットボトルの中身が水ではなく焼酎だと知ったら、駒子さんはぶん殴りに来るに違いないな、と敏三は心の中で、くわばら、くわばら、と呟く。駒子さんがいなくなると、

「ところで、三船先生のほうはいかがですかな、例のご婦人の警護は上手く行っておりますかな」

と、校長先生が敏三に尋ねた。

「いや、それがですなぁ」

と、敏三は堀越美奈子に関する状況をあらまし話して聴かせた。

「ホホッ、なんと、なんとですなぁ。そのご婦人が、よくよく見ると、鱶ではなく美人だったと、そうおっしゃるのか……！」

「まあ、はしょって話せば、そういうことです」

「それは、まあ、興味をそそられますなぁ」

「それで、わたしはちょっと自信を無くした次第で」

そうなのだ、敏三は己の鑑定眼に自信を失いつつあるのだ。これまでは絶対の自信のもとに、あれはザル蕎麦、これはおかめ蕎麦などとやって来たが、本当にこの美女鑑定は正しかったのか……。ひょっとしたらかけ蕎麦が天麩羅蕎麦で、鶏南蛮は鴨《かも》南蛮だったので

はなかろうか。人は見かけではありませんぞ、とこの校長は何度も言っていたが、こと堀越美奈子のあの凄い瞳を見てから、自慢の我が眼力を粉砕されてしまったのだ。

「ほほう、目ですか」

「ええ、目です。それが、何と言いますか、凄まじい目でしてね。怪しいと言うか、人を吸い込むと言うか、口さえ隠せば、あっと驚く美人なのですよ、ほんと」

「いやぁ、ますます興味がつのりますなぁ。人間、目が一番ですもの。目は、口ほどに物を言い、ですから」

「でしょう？　いやぁ、マスクをするまでまったく気がつかなかったのですよ。これで人を見る目に自信がなくなりましてね。いやはや」

「会《お》うてみたいものですなぁ。老体の血が騒ぎます」

校長先生の目が物欲しそうに光るのを見て、敏三はちょっと驚いた。この校長先生にも女性に対する関心があるのか。自分と違ってこの松本校長先生はとっくに枯れて、とことん高潔な人物だと信じていたのだ。

「いや、なに、血が騒ぐのは体のほうではありませんよ。歳ですからな、そちらのほうはもう何十年も前から用無しでありますから」

敏三の胸中は読まれているようだった。

「血が騒ぐのは、画家としての血でしてな。出来るものなら、どうにかして筆にしたいものと」

「筆に?」

「絵はデッサンですよ。デッサン力が画家のすべてですからな」

ホッ、ホッ、ホッ、と笑う校長先生に、敏三もその通りだと思った。ちゃんと形が描けるまで絵の具など使うべきではないと、絵のことなど何も知らない敏三でも思っている。絵の具がもったいない。ま、そんなことは敬愛する校長先生には言えないが。

「で、会いたいんですか、彼《か》の女性に?」

「お会いしたいですなぁ」

「なんなら、今度、こちらへ案内しましょうか?」

喜色を見せて校長先生が肯《うなず》く。事情を話せば来てくれるかも知れない、と敏三は堀越美奈子を思い浮かべる。口は忘れて目だけを思い出し、敏三はブルッと身を震わせた。何となく危険を感じたからだ。

「いま言われたこと、本当ですかな! 素晴らしいですわ、そいつは!」

と喜んだ校長先生の顔が急に曇る。

「ですが……ちょっと、それはまずいですなぁ。ここでは無理だ」

「無理ですか」

「無理です」

「どうしてです？」

意外という顔で敏三を見て、校長先生が言った。

「だって、三船先生、モデルになっていただくのですよ」

「モデルに？」

「ええ、そう、モデルです。デッサンの基本は裸婦ですから」

「ら、裸婦！」

平然とそうのたまう校長先生に敏三は絶句した。

「ここで裸になっていただくわけにもいかんでしょう。人目もありますからなぁ。残念だ、本当に無念ですなあ。わたしはそろそろ人物画に挑戦をしたいと思っておりましてね。さよう、肖像画です。ですが、その肖像画に取りかかる前に、もう一度デッサンをね」

冗談ではない、と思った。裸婦のデッサンなんて話では無い。裸婦も問題かも知れないが、人物画、というところが問題なのだ。いや、描く相手が鶏や山羊だから、アヒルに描かれても豚に描かれても相手は文句を言わない。ただメェーとかコケコッコーと鳴くだけである。だが、対象が人間となったらそうはいかない。人間は口をきく。抗議の声があがることは必定《ひつじょう》。

（それはいけません、校長先生、止めたほうがいいです！）

と、敏三は心の中で絶叫《ぜっきょう》する。

「……やはり、無理です。女性を連れ込んで裸になんかしたら追い出されますよ。ここへ連れて来る話は撤回します、忘れて下さい、校長先生」

敏三は必死に話題を変えた。もっとモデルの話を続けたそうな校長先生に三杯目の焼酎を注ぎ足し、敏三が言った。何でもいいから話を他のところに持って行かなければならない。

「実は、校長先生、一つ教えていただきたいことがありましてね」

「何でしょう?」

「歯医者のですなぁ、口腔外科ってのは、普通の歯医者と違うんですかね?」

敏三が思い出したのは、あの熊の置物のような歯医者のことだった。『大松』の女将さんの唄子さんが言っていた口腔外科という言葉が気になって仕方がなかったのだ。

博学の校長先生はさすがだった。

「ははあ、口腔外科ですか。それは、普通の歯医者とは、ちょっと違うかも知れませんな」

「どう違うんです?」

「口腔外科というのは、いわゆる口ですな。この口に関する疾患《しっかん》を治す医者ですよ。もちろん歯も抜きますが、顎や何かも治す。入れ歯なんかも、難しい奴はやりますな。癌の手術もやりますし、要するに口に関する病気の専門医です」

「それでは、鱶のような歯も？」

「治します、治します、鱶の歯でも」

敏三は自分の紙コップにも焼酎を注ぎ、うーむ、と唸った。それでは整形外科のようなものではないか。

「ほほう、三船先生、そうですか、その女性のことを考えておられる……」

と校長先生が勘の鋭いことを言った。

「え？」

「ほら、堀越美奈子さんとおっしゃる女性ですよ。鱶の歯の美人の」

うーむ、とまた唸った。

「口腔外科医なら、その鱶の歯もきっと治せますよ、三船先生」

「治りますか、本当に。そういったやつは、ほれ、その、美容整形外科がやるもんじゃあないんですか？」

「美容のためのものならそれは整形外科でしょうな。だが、口腔外科でも治せますよ、鱶の歯くらいは。顎を整形したり、義歯を作ったり、口腔外科医ならば何でも出来ますから。その鱶の歯美女も、ですから歯さえ取り替えれば、普通の美女になるわけです」

と校長先生は自分が医師のように、自信たっぷりにそう語った。もしあの堀越美奈子嬢に歯の全取っ替えをしたらどうか、と勧めたらどう思うだろう……。

こいつはダメだ、と敏三は思った。それを勧めるということは、あんたの口は鱶みたいだぞ、と言うことになる。本人だってきっと生まれてからずーっとコンプレックスを抱いていたはずだ。他人の欠陥《けっかん》を突くのは卑劣《ひれつ》な行為である。だが……。

敏三は口元が普通の人のようになった堀越美奈子を想像してみた。うーむ、エリザベス・テーラーが共演を断るくらいの美女になることは間違いないように思われた。もったいない……惜《お》しい……。まてよ……？　そう考えたやつはわし以外にもいるのではないだろうか？

いや、それはないか……と、また敏三は思い直した。敏三とて、たまたま堀越美奈子嬢がマスクをしていてあの凄い目に気づいたわけで、普段の顔に惚れ込むやつがいたとはとても思えない。歯を治せば超美人になると、そう考える想像力のある人間はそうはいないはずだ。自分は美女鑑定のベテランであるからその真実に気づいたわけで、一般人の想像力ではちと無理だ。

ん？　だが……美女鑑定の専門家でなくても、歯を治した後の様子を想像出来るやつがいるのではないか？

たとえば整形外科医ならばどうだろう。あいつらなら、整形後の顔を想像してみることが出来るに違いない。そして、口腔外科も整形外科と同じようなことをすると校長先生は言っている。頭に浮かんだのは、もちろんカウンターの端っこでいつも一人黙々と酒を飲んでいる置物の熊、すなわちあの望月という歯医者だ。あやつなら堀越美奈子嬢の歯が普通の歯になった後の顔を想像出来るはずだ。もしや……。

そこまで考えて、まさかな、と敏三はニヤリとした。あいつにはつい一年前まで妻君がいたはずだ。その妻君が亡くなって、その哀しみから立ち直れず、ああして置物のように一人寂しく酒を飲んでいるのだ。女将の唄子さんが話してくれた通り、その妻君はあの置物の熊にとって愛妻だったのだろう。そんな男が堀越美奈子を慕って狙うストーカーになるわけがないだろうが。

敏三がまたニヤリと笑うと、校長先生が空になった紙コップを差し出して言った。

「ホホッ、三船先生、何かいやらしいことを考えておられるのではありませんかな?」

「と、とんでもない」

慌ててそう答えると、

「三船先生が美女鑑定の専門家であることは存じ上げておりますが、わたしもね、鑑定をするのですわ。ただし、鑑定の相手は先生と違って男でありますが。ホホッ」

と、校長先生は目やにの付いた片目をつぶって見せたのだった。

十七

綺麗な皿の上の羊羹《ようかん》を、いつもなら二つに切って口に放り込むのだが、この夜の敏三はこれも百円ショップで買ったような楊枝《ようじ》ではない高級な太い楊枝を使って四分の一ほどを口に入れた。いやぁ、旨い。スーパーで買ったものではなく、どこぞのデパートの地下にある和菓子の名店、すなわち名のある羊羹に違いない、と敏三は確信した。そしてゆっくり茶を口に含む。こいつも旨い。やや冷めた湯を使ったらしい茶は、渋いがほんのりと甘みがあり、香りが高い。これも名のある高価なやつに違いない。美奈子嬢はこれらをわざわざデパートのあるターミナル駅まで買いに行くのだろうか……。

クーラーのほど良く効いた部屋は堀越美奈子の自宅のリビング、今、敏三はいつも座る長椅子に腰を下ろして和菓子をぱくついている。時刻は夜の十時四十五分。

その夜は通常と違い、美奈子嬢から夕食は抜きで、と指定され、七時半に美容室に出向いた敏三は、またまた美奈子嬢と夕食を共にすることになったのだった。今回はイタリア料理店ではなく、彼女は小体《こてい》な割烹の一室を予約していた。二度目のためか今回はさほど緊張は無かった。

「豪華な店ですなぁ」

敏三は高級店よりも『大松』のような庶民の味方のような店を好んだが、

「たまにはよろしいでしょう?」

と美奈子嬢に微笑まれると嫌だとも言えない敏三だった。そこで苦手な懐石料理を食し、これも絶品の日本酒をいただいて、いつもの通り自宅のマンションまで送り届けたのが本日の夜の行動。

「これにて失礼」

と、部屋の前で言う敏三の手を取るようにして、

「お茶でも」

と言われれば、まあ、これは当番日のスケジュールと同じなので、それでは、と言うことになり、こうして高価な和菓子と日本茶を頂いている、という次第なのである。

羊羹を食べ終え、最後のお茶を口に含んだ時に、着替えを済ませた美奈子嬢がなんと浴《ゆ》衣《かた》をまとって現れた。

「すみません、お一人にしてしまって」

「いや、いや。結構なお菓子を頂いて」

と応える敏三は、そこで、なんだ、なんだ、と狼狽《ろうばい》した。いつもは一人掛けの椅子に座る美奈子嬢が、なんと敏三の隣に腰を下ろしたのである。さっぱりした柄の浴衣の帯は幅の無いものだった。

「……三船さま……」

と美奈子嬢は、これはいつもと違う妙に真剣な表情になって言った。

「は？」

美奈子嬢が間を狭めるように敏三ににじり寄る。敏三は知らず知らず長椅子の端に押しやられる。

「お願いがございます」

「はぁ……何でしょうか」

美奈子嬢の手が敏三の腿《もも》のあたりに置かれる。これも初めてのことである。大きいが白い綺麗な手だ。爪も綺麗にマニキュアされている。口元を見るわけにもいかず、敏三は視線を下ろした。目の前にあるのは豊満な、というよりは巨大な胸である。普通の女子ならば着物の場合は胸などさほど気にならないものだが、美奈子嬢の浴衣の場合は普通ではない。胸は盛り上がり、中の物が浴衣を突き破らんばかりだ。襟元から覗く胸から首筋にかけての肌は牛乳色に光り、首筋には皺《しわ》一つない。さらに美奈子嬢がにじり寄る。敏三は肘《ひじ》掛けに追い詰められた。

「な、なんでしょうか、お願いというのは……」

敏三の声が掠《かす》れて裏返る。

「これから、敏三さま、とお呼びしてもよろしいでしょうか。三船さまではなく」

他愛ない要求なので敏三はほっとした。

「いいですよ、敏三でもなんでも。お好きな奴で」

敏三の腿に置かれた手が、今度は敏三の手を握る。それも両手だ。これで完全に美奈子嬢の上半身だけが正対になる。いわゆる腰から下はそのままで、上体を捻った形だ。男がそういう格好になってもどうということはないが、しっかり肉のついた女の体がこのような形になるとどうなるか。いやはや、と敏三は呻いた。浴衣姿でこういう格好で座れば、なんとも色っぽい、ということになる。心持ち襟元が開き、浴衣の裾《すそ》も割れている。美奈子嬢は足も細く格好がいい。昔、脚に百万ドルの保険をかけたハリウッド女優がいたな、あれは誰だったか……そんなことを一瞬思い出す。あれは、そうだ、マレーネ・デートリッヒだ！

「……か、かまいませんよ、敏三で」

美奈子嬢に至近距離で見詰められ、敏三の声は裏返ったままだ。相手がしっかり至近距離から見詰めて来るので、それまで見まいと堪えていた敏三もつられて相手の目を見てしまう。おお、なんとも……。こいつはまずい。敏三は慌てて視線を下げた。下げた先には息づく胸がある。これはいかんとさらに視線を下げると、浴衣の裾はしっかり開き、形の良い長い脚が目に飛び込んでいる。いったい、どこを見ればいいのか……。

「ほ、堀越さん……」

肘掛けに退路を断たれた敏三は悲痛にも聞こえる声をあげた。せっぱつまった敏三に、相手の美奈子嬢もせっぱつまった顔になって言った。

「お慕《した》いしています」

「は？」

「お慕いしているのです、ご迷惑でしょうか」

ご、冗談を、と言いかけて、敏三は呆気《あっけ》にとられて相手の顔を見た。何と、美奈子嬢はえらく真剣な顔をしている。

「ああ、そいつはまずい……いけませんよ、それは……年寄りをからかっちゃあいけない」

かろうじて、敏三はそう言って、ハハハと笑おうとしたが、失敗した。

「冗談ではございません」

キッとした目になって美奈子嬢がそう言う。気持ちつり上がった目が、さらに怪しさを加える。妖艶《ようえん》の極みだ。

「やっぱりわたくしでは駄目ですか？」

「いや、別に駄目とか、そういうことではなくて……」

しどろもどろになった。敏三はこれまで女性から口説かれたなどという経験は無かった。妻以外の女性を口説いたこともない。亡妻に決死のプロポーズをしたことが一回あっただけである。こんなバカなことがあって良いのか。冗談だ、冗談。それも悪いタイプの冗談だ。こっちが本気になったらどうする。

「では、よろしいのですか?」

何がよろしいのか、敏三はショックが大きすぎて判断が出来ない。相手はますます間を詰めてくる。迫って来る美奈子嬢に、敏三は、このような失礼なことは絶対にやるまいと思っていた禁を破った。相手には申し訳ないが、口元を見ることにしたのだ。声には出さなかったが、ワッとなった。鱶が迫って来る、食われる!

「ち、ちょっと待った……ちょっとお待ちを」

何とか手を振りほどき、それで相手を押し返そうとした。その手が肉の中に沈む。オオッ、となった。思わず伸ばした手が相手の胸を押し返す形になってしまったのだ。心地良い弾力……! 凄いな、これは! 思わず歯から視線がたわわな胸に戻ってしまい、敏三は感嘆の吐息をついた。出来れば、布地の上からではなく、じかに……。それでも何とか言った。

「こ、これは失礼!」

慌てて叫ぶと、美奈子嬢は再び敏三の手を取ってもう一度我が胸に持って行く。

「あ、あなたね、いけませんよ、そういうことをしちゃあ……こっちの心臓がおかしくなる。わたしは腎臓も悪いが心臓も悪いんだ」

やっと少し余裕を取り戻した。

「いいえ、冗談ではございません」

美奈子嬢の声は敏三とは違ってしごく冷静である。

「ま、ま、待って、待って、ちょっと待ちなさいって。冗談じゃないとおっしゃったが、わたしは八十近い爺いですよ。若い女性がこんな爺いを好きになるなんてことがあるわけないでしょうが。わたしはおめでたい馬鹿だが、さすがにこんなことを信じるほど惚けてもいない。勘弁して下さい、本当に心臓が跳ね上がった」

巨大な弾力のある乳房から手を放そうと敏三はもがくが、何と美奈子嬢の握力は結構強く、手はグリグリとさらに強く乳房に押し当てられて行く。これは……何とも、抵抗出来んな、と敏三は諦めてされるままにすることにした。いやぁ、立派な乳だ。見事と言うほかない。

ただでかいだけでなく、弾力が凄い。母乳も乳牛並に出るか……。

「先生は、わたくしのことは、お嫌いですか？　お慕いしては駄目なのですか？」

相手はあくまで真剣である。

「いや、その、嫌いじゃあないですよ、嫌いどころか、あんたのことは、はっきり言えば好きですよ。ですが、これはちょっと……」

「それなら、お付き合いして下さいますのね」

「ええ、ええ、付き合うくらいなら構わんですよ、それだけなら。ただ、わたしは年寄りで、その、それ以上のことは」

美奈子嬢が、ああ、わかった、というように微笑んだ。

「そういうことをお願いしているわけではないのです。心だけでもいいのです。愛していただけるだけでいいのです。セックスなんてどうでもいいのです」

ああ、それならお安いご用です、と大抵の男なら応えるところだが、敏三はそこで固まってしまった。これは難しい注文だった。一晩付き合ってくれ、と言われるほうがずっと楽だ、と思った。一晩だけなら……許してくれるかも知れない……一晩だけなら……。わしだって、まだ男だからな、と胸を張ってみせたいところだ。が……しかし……。ここで珍しい、まことに珍しいことに敏三に八十年近くを生きてきた分別というものが働いた。哀しい目になって敏三は言った。

「そいつは、なんだ、幻想ですな、一種の」

「幻想?」

不思議そうに美奈子嬢が訊き返す。

「さよう、幻想ですよ。あなた……わしに、お父さんを見ておられるのかな? たぶんそうなんでしょうな」

「え?」

一瞬だが、美奈子嬢の目に動揺が走ったように思えた。そして彼女が思案顔になる。やっと敏三はショックから立ち直った。

「誰からでしたかな、堀越さんがそれは大層な親孝行な娘さんだったと聴きましたよ。父君が病気になられた後も、ずっと看病なさって、車椅子を押して散歩をされていたとかね。ですからね、あんたは、わしを見てお父さんを思い出しておるんだ」

「いいえ、そんな……」

「いいや、冗談でなければ、そうに違いないですよ。あんたみたいに若い女性が八十近い爺いに惚れる筈がないものね。まあ、わしが上原謙《うえはらけん》みたいな色男なら別だが。わしは年取った藤田進で」

美奈子嬢にこの譬え話が理解出来なくても仕方が無い。加山雄三《かやまゆうぞう》の親父さんで美男スターだった上原謙は実際に若い女性を晩年かみさんにしたが、そんなことはそう現実社会では起こらない。大金持ちならそういうこともあるかも知れないが、敏三はたかが年金暮らしの年寄りにすぎない。孫の珠子は、じいじは金持ち、と言うが、預金だってたいしてない。

「……わたしは、もうそんなに若くはありません……」

体格に似合わない力の無い声で美奈子嬢が呟く。

「もうすぐ五十五になります」

今度は失敗せずに、ハハハと笑った。

「五十五って、あんた、そりゃあわしから見たら青少年みたいなものですよ。まあ、青春時代ですかな。わしは自分が五十五だった頃のことを知っておる。七十八歳とは天地ほども違うことを知っておる。だが、あんたは七十八の年寄りがどんなものかご存じない。昔は易々《やすやす》出来たことが出来んようになる。わかるでしょう？　本当に、なんでもなかった事が出来なくなるんだ。そして頭に来ることに、そんな事がどんどん増えて来る。わしだって今は元気そうにしていますがね、今に一人で小便も出来んようになる」

譬えが悪かったたか、とひやりとしたが、そのまま続けた。

「ですからね、あんたが口にしたことが冗談ではないとしても、そいつはどこか間違っているんだ。たぶん幻想か、一時の気まぐれか、そんなもんだ。小学生の女の子が父親をヒーローのように思うのと同じでね、十代の終わりになれば、あのクソ親父が、と言って父親の入った風呂に入らなくなり、シャワーしか使わなくなる。歳の差なんてないと思うかも知れませんがね、こいつはあるんだ、本当ですよ、年寄りは嘘はつかない」

始終嘘ばかりついているのに、自信を持った顔で敏三はそう言った。

「……違うと思います……」

と、しばし考えた後に美奈子嬢が言った。まだ納得出来ていない顔だった。

「父を想う気持ちとは違うと思います」

「うーむ」

敏三はなるべく相手の目を見ないようにして、もう一度言った。

「今は、そう思えんのかも知れませんがね、いつか気がつく。あたしはどうしてこんな爺いのことがいいと思ったんだろう、って思うようになる」

否定しそうな美奈子嬢を手で制して続けた。

「まあ、お待ちを。今度は自分のことでなくて、わしのことを考えてくれませんか。娘のような美人の女性と一緒になれれば爺いは狂喜乱舞ですよ。だが、相手が覚醒《かくせい》して、一時の幻想から生まれた熱が冷めちまったらその爺さんはどうなります？　七輪の炭団《たどん》かなんか燃やされて殺されちまうかも知れない。睡眠導入剤かなんか飲まされて」

「まさか」

「いやいや、これは譬え。譬えでもね、そういった顚末《てんまつ》を迎える可能性は高いですよ、ほんと。ま、この歳ですから死ぬのはそんなに辛くはないですがね、惚れた女に殺されるのは辛い」

真面目な顔をして聴いていた美奈子嬢が噴き出した。

「まさか、敏三さま」

思わず笑い出してしまった美奈子嬢の声を、何だかどこかで聴いたような優しげな言葉だと思った。トシゾウがタケゾウになれば宮本武蔵《みやもとむさし》だ。映画では、これは片岡千恵蔵《かたおかちえぞう》や中《なか》村錦之助《むらきんのすけ》が演じたが、やはり三船敏郎の武蔵が一番良い。お通《つう》の役は可愛い八千草薫《やちぐさかおる》だ。目の前のお通役の美奈子嬢は華奢《きやしゃ》な八千草薫と比べるとやたらでかい。巨女のお通さんか……。

「わたしとお付き合いをして下されば、それで良いんです。父のようにでも、恋人のようにでも。絶対に炭団なんか使いませんから」

やれやれ、ほっとした。心臓に悪い、わしは心臓肥大だと医者に言われておるのに。

「それならやぶさかでないですよ。あんたのお父さんにならいつでも喜んでなりますよ。娘のように可愛がってね。だが……この歳の爺いだ……恋人にはなれない」

美奈子嬢がじっと敏三の目を見詰めている。やっぱりこの女、本当は綺麗な人なんだな、と敏三は改めて思った。

「困ったことですが、いい歳をして、わしはあんたを好きになった……本当ですよ、困ったことですが、こいつは嘘じゃあない」

「本当に？」

「嘘はつかんですよ、わしは。実を言いますとな、わしは内心、堀越さんを女性として好きになった……本当ですよ。ただ、だからと言ってそういう関係にはなれんのです」

「どうしてでしょうか？」

「それはね、わしには好きな人がもう一人おりましてな。その人がおるんで、もう一人、別の人を好きになることができんのです」

「どなたが、いらっしゃる……」

「ええ、そういうことですよ。ただ、もうこの世にはいませんがね。死んだわたしの家内ですよ」

目を見開いて、美奈子嬢はじっと敏三を見詰めている。

「もういないのだから、いいではないか、と言う人もいるでしょうがね……」

敏三はやっと美奈子嬢が握っていた手をそっと放し、自分の胸に当てた。

「困ったことに、ここにおるんでね、今でも」

そう言って、敏三はハハハと笑った。今度も上手くいった。もっとも、ここにいる、という台詞も仕草も敏三のオリジナルではない。クラシック音楽だけが趣味だった亡妻は、晩年おかしなことにコリアン・ドラマが好きだった。二人で観たそんなコリアン・ドラマの中で、二枚目の俳優がそう言っていたのを真似ただけである。だから、ハハハと笑った後、ちょっと照れた。そして思い直した。気障《きざ》と思われようが芝居がかって、と言われようが、この中に亡妻がいるのは本当なんだ。本当なんだから仕方がないではないか。

「……敏三さん……」

「はあ」

「そうお呼びしてもいいですね?」

「もちろん」

「それでも構いません、何もなくても、ただお付き合いをしていただければ」

今度は余裕で答えられた。

「いいですよ、喜んで」

「本当ですね？」

「ええ、飯を食ったりね、酒を飲んだり。いつだって付き合いますよ、一人より二人のほうが断然よろしい。ただ、一つ条件が」

「条件？」

「さよう。これだけはお願いしておきたい……その、なるべく悩ましい感じで誘惑するのだけは止めていただけんか。実は、わしは、あんたが考えているほどまだ枯れてはおらんので……けっこう大変なんですわ、堪えるのが」

と敏三は相手の目をみないようにして手を合わせた。美奈子嬢が、今度は本当に笑い出した。鱶の歯をしっかりと見せて。

マンションを出ると、敏三は人に聞こえるほどの大きなため息をついた。亡妻が胸の中にいる、と胸を張った気持ちに変わりはないが、今は別の気持ちが胸の中、頭の中で渦を巻いている敏三だった。

（うーむ、惜しいことをした、勿体《もったい》ない……）

これが本心。

（据え膳だ、据え膳食わぬは男の恥）

まだ枯れていないんで、と敏三は美奈子嬢に釘を刺したが、枯れるどころの話ではない。松本校長先生とは違い、あちらのほうもまだ現役なのである。

これを仲間たちが聴いたらどう言うだろうか。馬鹿かおまえは、と言うに違いない。それはそれ、あれはあれ、って言葉をお主は知らないのか、いい歳をして。勿体ないにもほどがある、と憤慨するに決まっている。据え膳は食うべし。対策はまず食ってから考える、これ、男の本懐。みんなそう言うはずだ。

だが……そう言うに違いない昔の仲間はほとんどあちらだ。二割が鬼籍に入り、五割が歩行困難、残りの三割もすでに枯れかかっている。要するに敏三のようにピンピンで元気、という仲間はもういない。やたら健康食品を買いまくり、これが効く、あれが効く、とコマーシャルでやる宣伝を信じて薬を飲みまくっている奴ばかりだ。だから、みんな敏三に期待して、いろんなことをけしかける。つまり年寄り代表選手、それが敏三の立ち位置。

「うーむ」

と、深夜の道を歩きながら敏三はまた唸った。そしてこれは罰だな、と思った。そもそも『大松』で酔漢《すいかん》二人を路上に放り出したりしなければ、用心棒などというアルバイトをすることにはならなかったのだ。女将の唄子さんから堀越美奈子嬢がそんな話を聴いたから、こういうエスコート状況が発生したのだ。いや、違うな。そもそも美女鑑定などというおかしな趣味がなくて、鑑定の才能が無ければ、堀越美奈子なる人物の美に気づかなかったに違いない。ただ鱶の歯女、と思っていただけだろう。それに……もしかしたら、天国の亡妻が、敏三が本当に誠実な夫であったか試しているのかも知れない……。日頃の嘘を知っていて……。天を仰《あお》いで敏三は言った。

「誤解だ、誤解。わしがそう簡単におなごの誘惑に乗るはずがないだろうが、ねぇ、母さん」

敏三は家が見える所まで来てもまだ「うーむ」と呟いていた。亡妻に勢いよく言ったほど、解脱《げだつ》は出来ていなかった。瞼《まぶた》にはまだ浴衣姿の堀越美奈子の姿が浮かんだり消えたりしている。要するに助平心は健在だった。

(勿体ない、勿体ない)

この思いが、

(なんまんだぶ、なんまんだぶ)

というように交互に胸中を去来している。

マンションから二十分ほど掛かり、やっと敏三は自宅の玄関先までやって来た。時刻はもう十二時だ。いつもの事ながら周囲の家々とは違って家人のいない敏三の家だけが灯火がなく真っ暗である。こんな時に決まって訪れるのが寂しさだ。うんと酔っ払っていればそんなことも感じないのだが、今夜のように網に掛かった特別の大魚を見逃した、という思いの時は、ひときわ大きな寂寥感がわき起こる。同時に、喪失感も……。まだ手に入れもしなかったものに喪失感もないものだが、なんだか当たった宝くじを落として無くしてしまった感じがするのだから仕方ない。

こぢんまりした鉄の門扉を手探りで開け、中に入った。鉄の門扉に錠などはない。隙間から手を伸ばしてフックを外すだけ。その昔、今の憎たらしい幸一郎ではなく可愛い幼児だった息子が指を挟んで大泣きした鉄門扉。小さな可愛い指にマーキュロを塗ってやったことがあったよなぁ、などと昔日《せきじつ》の懐かしい出来事を思い出しながら、月明かりを頼りに郵便受けからチラシの山を抱えて玄関扉までやって来た。これも手探りで鍵を開ける。扉を開けた途端、何かがひらひらと足下に落ちた。いったん玄関に入り、これも手探りでスイッチを押し上げて電気を点ける。チラシを廊下に投げ落とし、

(けしからん、チラシなら郵便受けに入れればよかろうに)

と敏三は憤慨しながらたたきに落ちたチラシを拾いあげる。チラシは他のものとは違って二つ折りだ。何気なく開いてみた。どうせゴミ収集変更の通知か、近くで水道工事でも

するのか。違った。

（殺す）

という文字が目に飛び込んで来た。今度は真面目に読んだ。

（おまえも殺す。堀越美奈子から離れろ、さもないとおまえは無慈悲《むじひ》な結果を招くことになる）

無慈悲なんて……何だかどこかの国の脅迫みたいだなぁ、と敏三はまず思った。

「やっと来たかい、待っておったぞ、ストーカー」

敏三はあの男娘の奈々ちゃんが言ったことを改めて思い出した。やっぱりあの子が言ったことは本当だった。誰もが疑いを持って信じなかったことを、あの子だけは真剣に案じていたのだ。むろん敏三に恐怖心などあるはずもなかった。

「よおし、いい度胸だ。待っておったぞ。こうなったらわしが貴様を成敗してくれる。覚悟せい、ストーカー！」

これまでの寂寥感などいっぺんに吹っ飛び、敏三は張り切って足音たかく廊下を上がって行った。

十八

すでに傘を手にして店の前に待っていた十段が言った。

「傘はおまえさんが持てよ。わしが持つと手をずっと挙げておらんとならんからな」

もっともだ、と思い、蒼井巡査は十段から傘を受け取った。並んでみると、この十段は本当に背が低い。そんな年寄りに簡単にぶん投げられたのだから、人は見かけによらない。時刻は夜の十一時になるところである。そんな時間でも『堀越美容室』のビルの前はまだけっこう人が歩いている。雨なので、いくらかでも顔が隠せる。泣きたい気持ちで蒼井巡査は傘で自分の顔を隠した。

「バカ。それではわしが濡れるじゃないか。もっとこっちへ傾けろ」

と十段が怒るが、そうは行かない。何故なら腕を組んで歩き始めた蒼井巡査は化粧をしているのだ。赤い口紅に、つけ睫毛《まつげ》。長い毛のカツラまでつけている。そうなのだ、今夜の蒼井巡査は女装をしていた。

「腕を組め。がに股で歩くな。あそこをすぼめるようにして歩くんだ。そうそう」

と、十段はまた傘を持つ手をひっぱる。フード付きのレインコートを着て顔が隠れているからいいが、そうでもなければ人に見られる。信じられないことに、今夜の蒼井勇気巡査は堀越美奈子になっているのだった。

勤務明けで独身寮に戻っても、女装をしなければならなくなるという、そんな悪い予感はなかった。

昨夜は『七つ星交番』で当直、夜勤だった。二十四時間の勤務をやっと終えて独身寮に戻ったのは昼の十一時前だった。いったん署に戻り、装備品を返却したりすればそれくらいの時刻になる。寮では昼飯は出ないから途中で弁当を買い、それを自分の部屋で食べた。ちなみにその日に買った弁当は唐揚げ弁当、四百二十円のやつで、けっこう旨かった。

昼飯の後はひたすら寝た。交番の当直室で仮眠はしたが、眠くて仕方がなかったのだ。爆睡から目が覚めたのは夕刻の六時。晩飯を食おうと思えば寮の大食堂で食えるが、せっかく明日は非番という日に寮で先輩に気を遣いながら飯を食いたくはなかった。だからちゃんと電気カミソリで伸びた髭《ひげ》を剃《そ》り、スーパーで買った安いコロンもつけた。

飯は外で食い、その後で映画でも観るか……。恋人がいたら洒落たカフェかなんかでワインでも飲み、カラオケに行っても良いが、悔しいことに今の蒼井巡査にそんな女性はいなかった。恋人どころか、無駄話をする女友達も一人もいなかった。

だが……大学時代には恋人もいた。同じ大学の理系にいた女性で、この彼女といずれ結婚するんだな、と漠然とだが、そう思っていた。要するに相手はいたのだ。蒼井巡査は特別のイケメンではなかったが、まあ、好青年と見られているという自覚はあるくらい自分の容貌に自信もあったから。だが、現実はけっこう厳しくて、その恋人はあっさり他の男と結婚してしまった。

蒼井巡査を打ちのめしたのは、その恋人を奪った相手が一番仲の良かった同じクラスの友人だったことだった。いわゆる略奪婚をやられたのだ。以来、女性に対する自信が無くなった。略奪した友達が自分よりいい男だとはどうしても思えなかった。だが、捨てられた……。捨てられた、と言うよりも、盗まれた、というほうが正直な気持ち。

だから、盗人《ぬすっと》を捕まえる人間になろうと決めた。蒼井勇気巡査が名前のような勇気とは無縁なのに警察官になったのは、人知れぬそんな事情があったのだ。

で、爆睡後の成り行きである。コロンをつけ、髪を整え、暑いからちょっと派手だがアロハシャツまで着込んで外出した。時刻は七時半。ラーメンと餃子でビールを飲み、それから映画館で映画を観る。一人で見るのは寂しいが、まあ、仕方が無い。餃子を食うラーメン屋に可愛い女の子がいる筈も無いが、映画館でそんな女の子が隣の席に座っていないとは限らない。世の中、悪いことばかり起こるわけではない。たまには良いことも起こる。

そう思って先輩たちの話し声を背に聞き、チノパンのポケットに手を入れて独身寮を出た。悪いことは起こった。玄関先の暗がりに一番会いたくない人間が立っていた。

「……ジュ……十段……！」

慌てて背を向けた。寮に向かって駆け出そうとした時はすでに遅く、襟首を掴まれた。もの凄い力で、脚は走っているのに体は後ろに引きずられる。

「助けて」

「バカか、おまえは」

と、まず十段は言った。

「おまえに幸運を運んで来たぞ」

十段が耳元でそう囁く。

「大人《おとな》しくわしの話を聴け。おまえに総監賞を取らせてやる。どうだ、ルーキー、良い話だぞ」

「ええっ？」

「そうだよ、警視総監賞だ。おまえさんに、チャンスをな、与えてやろうという話よ」

無理矢理向きを変えられた。十段の後ろに、もう一人立っている。驚いたことに、白のポロシャツにGパンを穿いているのは交番長の小野寺巡査部長だった。巡査部長が肩を落とすようにして言った。

「おれがやっても良いって言ったんだけどさ、背丈がちょっとね、足りなくて」

その時は意味がわからなかった。要するに、堀越美奈子に変装するには蒼井巡査の身長くらいでなければ駄目だ、というのがこの二人の意見だった。

で、今、無理矢理に女装させられた蒼井巡査が十段と腕を絡め、雨の夜道を歩いている。

散々十段と小野寺巡査部長に口説かれ、脅され、蒼井巡査が完落ちしたのが八時過ぎだった。

小野寺巡査部長が何で十段の言いなりになったのかという疑問はすぐに解けた。

堀越美奈子だけでなくボディガードをしている十段の許にもストーカーから脅迫状が届いたのだと言う。それははっきりした殺人予告の脅迫状で、それまで、あれは堀越美奈子の狂言だ、と九十九パーセント信じていた小野寺巡査部長を納得させるほどのおっかない内容だったらしい。

そこで十段の作戦に協力する決心をしたらしい。本気になって署の上に報告して馬鹿にされる畏れもあり、非番の今夜なら協力しても勤務外だから後々トラブルになって責任を取らされることもないだろうと、小野寺には小野寺なりの計算もあったのだろうと蒼井巡査は考えた。

「で、どうすればいいんです?」

「九時過ぎに『堀越美容室』の裏口に来い。表じゃあないぞ、裏口だ。横の路地を入ればすぐわかる」

「店に灯りはないからね。暗いけど、裏口を叩けば俺が戸を開けて入れてやるよ」

と小野寺巡査部長が言い、自分は九時前に『堀越美容室』の店内に入っているからね、と続けた。八時にはスタッフもすでに店を出ていて無人になっているのだそうだ。では、その間、肝心の十段と堀越美奈子はどこで何をしているのか、という説明は十段がした。

「わしと美奈子嬢はな、当然だがいつものように『大松』で一杯やっている。『大松』を出て『堀越美容室』に戻るのが、多分、十時半。店に戻るのは美奈子嬢が忘れ物をしたからだ。それを理由にして店に戻る。おまえさんは待機していて、そこで美奈子嬢と入れ替わる」

いつの間にあの巨女の堀越美奈子が美奈子嬢になったのか。そんな疑問を問いただす余裕はもう蒼井巡査には無かった。女装して堀越美奈子に入れ替わる、と聴いただけで胃がでんぐり返った。もちろん、僕には出来ません、嫌です、と言った。叫ぶように言った。十段だけでなく、仲間の筈の小野寺巡査部長も聞こえないふりをした。

「十一時までに変装を終えて、お主はわしと一緒に店を出て、美奈子嬢のマンションに向かう。美奈子嬢はこの小野寺君としばらく店で待機する。何事もなく終わってしまった場合は、小野寺君がタクシーで美奈子嬢を彼女のマンションまで送る。わしらはストーカーめがその後も監視していることを考慮して明け方まで美奈子嬢のところで仮眠させていただく。お主が変装をしていたなんてことが相手にわかっちまったら、この作戦をまたやることが出来なくなるからな」

まだ続けてやる気か！　気が遠くなりそうだった。

「何だよ、その顔は。喜べよ、その時にはビールやつまみくらい出るかも知れん。美奈子嬢は気のつく人だからな」

と十段は楽しそうに言ったのだ。


九時過ぎに予定通り『堀越美容室』に入った蒼井巡査は待っていた小野寺巡査部長に恨めしい顔で尋ねた。

「交番長」

「なんだい？」

「どうして交番長は十段の言うことを簡単に引き受けたんですか。あんまりだと思いますが」

「本当だと思ったからね、ストーカー」

頼りない声だった。

「それに……協力しなければ甘利署長に直談判する、って言うんだ。何かあったらおまえたちは懲戒免職で、それだけじゃない、無能警官だってメディアで報道されて、再就職も出来なくなるって脅された……」

名の通り、この説明で蒼井も蒼くなった。たしかにあり得ることだと蒼井も思った。

「そりゃあ、署に上げることも考えたさ。だけど……それもさ、馬鹿にされるかも知れないだろう、地域だけじゃなくて、生安の奴らにもさ。ストーカーなんか本気にしやがってってさ」

生安とは生活安全課の連中の事だ。蒼井は馬鹿にされることは慣れているが、先輩の小野寺巡査部長にはそれもまた辛いことなのだろうと、蒼井はしぶしぶながら納得したのだった。

十段の計画通りに事が運び、十一時ちょっと前にほろ酔いの二人が到着した。十段と堀越美奈子である。店に入って灯りを点けた堀越美奈子は十段と一緒に待機していた部屋にいた蒼井を捕まえると服を脱がせ、代わりに堀越美奈子の着ていた服を着せられた。屈辱的な事だったが、そこまでは覚悟していたからさほど辛くは無かった。すでに用意されていたカツラを被せられ、側で進行を見ていた小野寺巡査部長が噴き出して笑い出した時が一番辛かった。美容室に連れ出され、椅子に座らされて化粧をされるのも辛かった。

そこでも小野寺巡査部長は同じ仲間とは思えないような事を言った。

「さすが！　さすが美容師さんですねっ。女に見えますよ、女に。こいつ、けっこうそっちの方で行けるかも」

鏡を見ると、本当に一見女に見える奴がそこにいた。

「本当だな、暗いとこなら女に見える。さすが堀越さんだな、こんな青瓢箪でもけっこう見られる女にしちまうんだから。プロだね、驚いた」

十段が感心した顔でそう言った。どいつもこいつもぶっ殺してやりたい、と思った蒼井巡査は、小野寺先輩はともかく十段は無理だな、と何度もぶん投げられたことを思い出した。ひとつたしかなことは、本当にストーカーに襲われても、この十段が側にいてくれれば、自分が危害を加えられることはないだろう、ということだけだった。


大通りからいよいよ小道に入った。街灯はあるが間隔《かんかく》が長い。道のほとんどは雨のこともあり、とても暗い。煙る雨の中に街灯が幽霊のようにぼうっと浮かんでいる。

「もっと側に寄らんか」

と十段が凄い力で蒼井巡査の腕を引き寄せる。

「内股で歩け、内股で」

「わ、わかりました」

着物ではないのだから、内股で歩くのはおかしくないか、と思ったが、反論するのは止めた。この爺いなら頭を殴ることもやりかねない。

「自転車に注意しろよ、自転車は音がせんからな。不意をつかれると対応出来ん」

なるほど、と思った。このスーパー爺いにも弱点があるのだ。前から何度も訊き返す人だなぁ、と思っていたが、耳が遠いのだ。やっぱり年寄りなのだ、老人なのだ、と思うと少しだが、ほんの少しだが気の毒になった。

「何を考えている？　大事なところだ、緊張して気配を探れ」

「は、わかりました」

と蒼井巡査は素直に応えた。

いよいよ暗い所までやって来た。左手には暗いうっそうとした森がある。いかにもストーカーが出て来そうな場所ではある。十二時に近いので人通りはまったくない。

「うーむ、出て来んなぁ」

十段が太いため息をつく。蒼井巡査は、とにかくなんでもいいから堀越美奈子の家に辿り着いてスカートを脱ぎたいと思う。ハイヒールを履かされなかったことだけが救いだ。堀越美奈子は背丈を少しでも低く見せるためにかかとの低い靴しか履かなかったのだ。早く化粧も落としたい……。とうとう何事もなく堀越美奈子のマンションの前までやって来た。やっと着いた、と喜びがわき上がる。十段が囁くように言った。

「出た」

「えっ？」

「このまま歩くぞ」

「このままですか?」

「おまえ、気配がわからんのか」

わからなかった。足音も、自転車のタイヤがアスファルトをこする音も聞こえない。耳の遠い年寄りには聞こえるのか。

十段はがっしり蒼井巡査の腕を抱え込み、歩き続ける。何と堀越美奈子のマンションをそのまま通り過ぎる。

「ど、どこへ?」

「シッ、黙ってろ」

五十メートルほどそのままゆっくり歩き続ける。左手に神社らしいものが現れた。そのまま石段を上る。石段は短い。六、七段あるだけだ。上りきったところで立ち止まる。

「ここだな、勝負は」

と言って十段は蒼井巡査が手にしていた傘を取り上げた。傘を畳むと突然後ろを振り返って言った。

「出て来い。ついて来たのはわかっておる」

蒼井巡査は慌てて後ろを振り返った。石段の下に男が立っていた。でかい男は黒い熊のように見えた……。

敏三は呆然としている蒼井巡査に畳んだ傘を渡し、石段の下の男に言った。

「やっぱりな、あんただったか」

小雨の中でも街灯が一つあるだけで相手の姿はわかった。歯医者は黙って石段の下から敏三を見上げている。

「上がって来い」

男がゆっくり石段を上がって来た。大きいな、と改めて敏三は思った。八十キロはゆうに超えているだろう。九十キロもあるか。重量級は間違いない。ひょっとしたら超級かも知れない。

相手の力量はわかっている。三段か、それとも四段か。それほどの実力があることは『北斗公園』で悪ガキたちを手玉に取った場面でわかっている。対して敏三の体重はわずかに六十キロあるかないか。段位は六段だが、柔道の戦いに段位などというものは何の役にも立たない。四段のやつでも体格で勝る初段に簡単にやられたりするのが柔道だ。柔よく剛を制す、などと言われるが、そいつは怪しい。どんな格闘技でも体格で勝る者が強いことは真実なのだ。技術が体格に勝ることは少ない。

しかし、敏三は自分より体格が勝っている歯医者に敗れるとは思っていない。こいつを捕らえることは大変だな、と考えているだけである。

この自信は敏三の柔道というものの考え方から来ていた。敏三は、そもそも柔道をルールのあるものだと考えてはいなかった。もちろんスポーツなどではなく、素手で敵を殺傷する武術が本物の柔道だと考えている。

だから、オリンピックの柔道は茶番だと思っている。投げられて背中を畳に付けられたら負けならば、そいつはレスリングと変わらない。寝技で三十秒で一本も、これも馬鹿げたことだと思っている。袈裟《けさ》固めでも、横四方固めでも、上四方固めでも、それで三十秒、一分固められても人間は死にはしない。生死を懸けた試合だったら固められている間、寝ていたらいい。良い休息になるだけだ。

敏三はたしかに講道館柔道を習いそれで段位を取ったが、身につけた技は講道館柔道で定められた技を大きく逸脱していた。講道館では禁じ手とされた技のほとんどを身につけていたし、自分で考案した技もあった。技を磨いたのは道場よりも暗闇とか人の来ない空き地のほうが多かった。いわゆる野試合である。

だから関節技が多かった。たとえば講道館では膝の関節技で攻めることを禁じている。極めて危険だからだ。膝関節は、かけられた当人が気づかぬうちに損傷する。だから、激痛を感じて、待った、をすることが出来ない。痛みに堪えられなくなる前に膝関節は破壊される。だから早くから禁じ手にされた。

かつてあった講道館柔道の技で禁じ手になったものは他にもいくらもある。本来ならば、そんな禁じ手の技など磨かなくても良さそうなものだが、敏三は違った。柔道のルーツは高尚なものではない、それは殺傷を目的とした格闘技だ。そもそも戦いに、待った、などあろうはずもない。

だから敏三は柔道を教えた『七つ星高』の柔道部の稽古で、簡単に待ったは認めなかった。締め落とされるのが嫌なら稽古を積んで締め落とされないようになればいい。ルールがどうであれ、実際に弱い相手にしか勝てないなら、所詮《しょせん》稽古に意味など無い。そう思って敏三はいろんな技を身につけた。

もちろん道場でそんな禁じ手のような柔道をして来たわけではない。そんな真似をしたら、道場への出入りを禁じられる。紘道館《こうどうかん》の矢野《やの》正五郎《しょうごろう》に姿三四郎が破門の叱責《しっせき》を受けるように。だから道場でそんな技を使ったことはない。だが、その気になればいつでも使える。

たとえば、背負いで投げる。道場なら投げられたところは柔らかな畳だ。ま、普通の畳と違ってそれほど柔らかなわけではないが。これが野試合なら畳とはいかない。アスファルトであったりコンクリートであったりもする。投げられた相手は当然受け身でそれに対応するが、通常の受け身では、投げられた場所がアスファルトの道路やコンクリートの床であったら、衝撃を和《やわ》らげてはくれない。酷い打撲《だぼく》を負い、場合によっては骨折する。

投げ方にも種類がある。スポーツ柔道なら相手の体を返して投げる。これで相手は一回転して背中から落ちる。ダメージは少ない。だが、相手を殺すか、殺さない場合でも身動き出来ないダメージを与えるのなら、頭から叩きつけるように投げればいい。殺してしまうのが目的でなければ、肩から落としてやればいい。それで相手は動く力を間違いなく失う。

敏三は歯医者を、どんな技で拘束するか、ただそれだけを考えていた。自分が置物の熊に敗れることなど、微塵も考えていない。要するに、敏三は、これも間違いなく兇暴爺なのだった。

「あんた、何で堀越さんを付け回す。あんたには忘れられない奥さんがいたんじゃあないのか」

石段を上がり、立ち止まって歯医者が言った。

「三船先生……」

「なんだ、ストーカー」

「わたしは……わたしはストーカーなんかじゃあないです」

声がわずかに震えている。

「なんだと？　今になって、こうやってわしらの後を付け回して、あんた、それでもストーカーじゃあないって、そう言うのか？」

「誤解です、わたしは、わたしはストーカーなんかじゃない」

歯医者は敏三から目を後ろに立つ蒼井巡査に向けて、叫ぶように言う。

「美奈子さん、わたしはストーカーなんかじゃないんだ」

歯医者はまだ後ろの蒼井巡査を堀越美奈子と思い込んでいるようだった。

「わたしは、わたしは……あなたと話がしたかった、出来るならお付き合いをさせてもらいたかった、それだけです……付け回していたのはそれは本当ですが、ストーカーはわたしじゃあない。本当です、信じてほしい。嘘ではないんだ」

後ろの蒼井巡査は固まったままだ。本当なら手助けしてもらいたいところだが、頼りにならないことはとうにわかっている。

歯医者がそんな蒼井巡査にさらに近づく。

「あなたを怖いめに遭わせて申し訳ないです、でも、信じてほしい、わたしはあなたを狙うストーカーじゃないんだ。ストーカーは別にいる。わたしは、わたしはそいつを見張っていただけなんです、信じて下さい！」

敏三は悲痛な顔をして近づく歯医者に言った。

「これ以上近づくな、近づいたら、あんたをぶっ飛ばす」

意外なことに両手を挙げて、

「わかりました、わかりました。ですが聴いてほしい、わたしは、今言いましたが脅迫状なんか書いたストーカーじゃあないんだ。ストーカーは別にいるんです！」

「なんだと？　ストーカーは別にいるだと？」

敏三は半分べそをかいたような歯医者の顔を眺めた。

「そうです、ストーカーは別にいるんだ。わたしは、わたしは、それが誰だか知っている。わたしはそいつが美奈子さんの郵便受けに脅迫状を入れるのも、美奈子さんがいない間にマンションに入って行くのも見てるんだ。美奈子さんの部屋の前に脅迫状を置いて出て来るところも見ているんです」

「そいつは、それじゃあ、誰なんだ、あんた、そいつの顔を見ているんだな」

歯医者が、そうです、そうです、見ているんです、と叫ぶように言った。

「そいつの名前を知ってるのか?」

「名前は知りませんが、どこの誰かはわかってます、そいつは……」

黒い小さな影が目の前を横切った。熊のような巨体の歯医者が、まるで腰が抜けたように水たまりの中に崩《くず》れ落ちた。唖然として敏三は迫って来る黒い影を見詰めた。

「止めるんだ!」

と叫ぶ前にやられた。懐《ふところ》に飛び込んで来た小さな影が敏三の腰にスタンガンを押しつけて言った。

「十段さん、ごめん……」

バリバリバリ。火花が散り、敏三はよろけ、そして倒れた。

「言ったのに、ママに近づいたら駄目って言ったのに」

奈々ちゃんが手にスタンガンを持って立っていた。

敏三は子供の頃によく感電した。電球を換える時に何かに触ってビリビリと感電をしたものだ。だからスタンガンを奈々にもらっても、まあ、この護身の道具はその感電を強くしたものだろうと思っていた。電球の交換をした時の感電は百ボルト。スタンガンのスイッチで流れる電流は瞬間万単位だと奈々に説明されてもピンとは来なかった。

だが、遅まきながら、一万単位のボルトの電流がどんなものかがわかった。感電というようなものではなかった。自分の体が一瞬爆発したと思った。そんな衝撃だった。だが、そんな電流を食らっても、不思議と失神はせず、意識はちゃんとあった。普段と違うのは肝心の体が完全に麻痺《まひ》して、指一つ動かすことが出来ないことだった。それでも目だけは動かせる……。

そのまだ動く目で隣に倒れている歯医者を見た。押し当てた場所が違ったからか、歯医者は大きな目を開けて降る雨を受けたまま空を見上げていた。口からは白い唾液が泡になって溢《あふ》れ出ている。

不覚を取った……。敏三は奈々が肩に提げていたショルダーバッグを水たまりに投げ落とすのを目だけで追った。

「なんで僕を追い出したんだ！　ママ、何で僕を嫌ったんだ！　そんなに男が欲しかったのかよ！　そんなに、そんなに……！」

奈々はもうスタンガンを握ってはいなかった。今は手に出刃包丁だけが握られている。

「好きだったのに……僕を、僕を捨てた……」

突き出された包丁が震えている。

「バカ、止めるんだ！」

と敏三は身を起こそうと頑張りながら叫んだ。だが体はピクリともせず、叫んだ筈の声は無音。

「ママ、あんたを殺すよ。ごめん。泣かないで、僕も一緒に行くから。ついて行くから」

前に進む奈々に、蒼井巡査が、

「うわーっ！」

と叫んでひっくり返る。別にスタンガンでやられたわけでもないのに。カツラが吹っ飛び、「アワワ」と股を大きく開いて後ろ向きに這うように後ずさる。襲う奈々が愕然として立ち止まる。

「……あんた……あんた、ママじゃない？」

やっと這って逃げる相手が堀越美奈子ではないと奈々は気づいたようだった。

「そんな……そんな……」

「うわーっ！」

と叫んで蒼井巡査が立ち上がる。だが、足が滑ってまた見事に横転する。そのまま這って、今度は倒れた敏三のほうに逃げて来る。バカ、あっちに行け、と敏三は言いたいが、無念なことに声にはならない。

「アワワ!」

と蒼井巡査は叫び、そのまま四つん這いで敏三に齧り付いてくる。

「バカか、逃げんか!」

と敏三は叫ぶがもちろん声にはならない。蒼井巡査と同じで、かすかにアワワと言うだけだ。奈々が呆然と、ゆらゆら揺れるような足取りで敏三のほうに近づいて来る。手にした出刃包丁が今は下がってぶらぶら揺れている。まるで相思相愛のカップルが抱き合うように蒼井巡査が敏三に抱きついて来る。

「アワワ!」

こんな奴に女装なんかさせるのではなかった、と敏三はつくづく自分の人を見る能力の無さが嘆かわしくなった。せめて走って逃げるくらいの勇気はないのか……。観念した敏三の目の前に、奈々が捨てたらしいスタンガンが転がっている。スタンガンを見詰め、今度はのしかかって「アワワ……」とやっている蒼井巡査の顔を見た。すがるように蒼井巡査が敏三の目を見詰める。涙が落ちている。気の毒なことをしたな、と敏三は後悔した。

もう一度声をたてずに涙を降り注ぐ蒼井巡査の目を出来る限りの強い意志をこめて見詰めた。見返す蒼井巡査の視線をしっかり捉え、今度は転がっているスタンガンにゆっくり目を向ける。

「……ママは、ママはどこにいるんだ？　ママは、どこに……」

奈々はそう蒼井巡査に問いかける。

「アワワ」

と言いながら、蒼井巡査の目が敏三の視線を追っている。

「ん？」

声にならない声で、蒼井巡査が転がっているスタンガンに目をやる。敏三は目を閉じた。やるだけはやったぞ、若造、後は自分で何とかせい……。

今更ながら「不覚を取った」と声にならない声で呻いた。不覚を取ったのは、奈々が誤解をしたからだと咄嗟《とっさ》に思ったことだった。奈々は歯医者をストーカーだと思い、それでスタンガンを手にして飛び込んで行ったのだと誤解した。敏三に向かって来たのは、恐怖で敏三に抱きついて来たのだと誤解した。だから護ってやるようにして奈々を抱き留めた。スタンガンを押しつけられるとは思いもしなかった。不覚。戦わずして負けた。呻いて身を起こそうとしたが、体はぴくとも動かない……。

奈々には最初から見知らぬ青年を刺す気は無かったのだろうと思う。それが証拠に出刃包丁を下げたまま奈々は「アワワ」とやっている蒼井巡査の横に膝をついた。

「あんた、教えなよ、ママはどこにいるんだよ、知ってるんだろ、教えろよ」

意気地のない蒼井巡査のそれからの動きは信じられぬくらいに素早かった。ガッと転がっているスタンガンを掴むと、体を横転させる形で膝をついた奈々にぶつかって行った。バリバリバリという音で「アワワ」という蒼井巡査の声が聞こえなくなった。目だけ動かして隣を見た。奈々が横たわっている。目を開けたまま。口は微かに開かれ、綺麗な前歯だけが唇から二本見える。気の毒な歯医者のように泡など噴いてはいない。

男のくせに……と思った。女よりも綺麗な可愛い顔をしている。作ってくれたハンバーグの味を思い出した。もう一度食いたい、と思った。だが……多分、それは無理だ。何故か、辛いことだな、と思った。もう、キッチンに立つ奈々の後ろ姿を見ることもないのだろう。

もう「アワワ」と叫ぶことを止めた蒼井巡査が、膝を揃えて気が抜けたように座っている。化粧が涙と雨滴に濡れて酷いことになっている。お化けだ。暗闇で遭ったら気絶する。こいつにも多分賞状がやれるかも、約束通り。ストーカー逮捕の手柄は間違いなく「アワワ」のこのルーキーにある。

敏三は、わしの体は元通りになるんだろうか、と思いながら目を閉じた。頬に何故か雨滴とは違ったものが伝い落ちている。奈々にわしの作ったオムライスを食わしてやりたかったな、と誰にも聞こえない声で敏三は呟いた。

十九

「お父さん」

何だか嫌な感じがする声だな、と思った。いつもとは違って声が優しい。

「美智子から聴いてくれていると思いますが……」

声の主は息子の幸一郎である。

「何だ」

「来年、なるべく早い時期に官舎を出ようと思いましてね」

「ほう、そうかい」

懐石料理のやたら薄い刺身を不味そうに口に運ぶ。一番嫌な方向へ話が向かっている。

「家でも買うのか？」

興味などまったくないが、みんなが何を言うのか待っている気配なので、仕方なく訊いてやった。みんなと言うのは、家族全員だ。大きなテーブルの向かい側には息子の幸一郎と嫁の美智子さんが座り、こちら側は敏三の左隣に孫の珠子、右隣にはこれも孫の雄一郎が座っている。一家は亡妻の七回忌の墓参りを済ませ、幸一郎が予約してあった割烹で食事をしている。

「ええ、そうしようと思っています」

「結構だな、いいじゃあないか」

一応は鷹揚《おうよう》に応える。ここまでなら別に畏れるには及ばない。

「そこでですがね、お父さん……」

来た、来た、と身構えた。やっぱり話は悪いほうに進んでいる。もちろんこういうことになりそうだ、という予想はあった。すでに幸一郎と嫁の美智子さんとの間で今度は何としても敏三と同居するという話がまとまり、勝手に結論を出している、という情報である。情報提供者は左に座っている珠子だ。

「美智子も言っているのですが、このまま年取ったお父さんを放って置くわけにはいかないと……」

「なんだぁ、年寄りだと?」

「まあ、お父さん、そう尖らないで聴いてくれませんか。この前のようなことがあったら、放ってはおけないでしょう。家族はいったい何をしている、と皆さんから言われても反論も出来ませんよ。わたしの身にもなってもらいたい」

そう言われると、激怒して見せるのも、ちと難しい。何故なら、二週間前の例の事件のあらましを幸一郎に摑まれてしまっていたからである。こちらの情報提供者は、『七つ星署』の署長、あの禿げの甘利だ。まあ、これも当然のことではあった。無念なことに、あの夜、敏三は体が痺れて身動き出来ぬ間に救急車で病院へと運ばれた。事件は当然『七つ星署』に通報され、どこかで接待酒かなんかで嬉しがって騒いでいた甘利署長にも通報され、さらに蒼くなった署長から敏三の息子である次期警察庁長官か警視総監かと囁かれている幸一郎に通報され……口も利けない姿をさらしてしまっては、得意の嘘八百で事態を乗り切ることなど出来ない敏三だったのだ。

「おまえ、それじゃあ外聞《がいぶん》を気にして、わしを引き取ろうと、そういうわけかい」

嫌みを言うくらいが今のところ、せいぜい出来る範囲。

「外聞じゃあありませんよ。外聞くらいなら我慢出来ますし、これまでして来た。ですが、お父さん、父親にこういう言い方はしたくないのですが、やはりお父さんはもう年寄りですよ。一人暮らしはもう無理だし、危険でもある」

「危険? 危険とはどういう意味だ。わしはまだ元気だ」

幸一郎が苦笑する。

「そこですよ。お父さんが普通のお年寄りのようでいてくれたら、むしろ安心かも知れませんがね。大人しくしている普通のお年寄りは、スタンガンで気絶なんか、まずしないものです」

まったく能面のこの息子は嫌な所を突いてきやがる、と敏三は恨めしい目で、やけに整った幸一郎の顔を眺めた。こやつはまったくわしに似ておらん。

「わしは元気だし、別に人様に何かしたわけでもないぞ、人助けをしただけだ」

ここらへんは、ちょっと声に力が無くなっている。ご近所の自分に対する評判も、ま、知らぬわけではないからだ。いざという時には、『助けてくれ、おかしな人が私の家の前で』『三船さん、何とかしてくれ』とか言って来るくせに、陰では『おっかないんだよね』とか、『暴力親爺だからなぁ』などという。ご近所とはだいたいそんなものだ。人間は、みんな自分勝手で性悪に出来ている。

「……お義父さん、ぜひそうして下さいな、わたしからもお願いします。この人も、やっと納得してくれたんです。ね、一緒に暮らしましょう、お義父さん、わたしからもお願いします」

美人の嫁さんにこう言われると辛い。敏三は助けを求めるように隣の珠子に視線を向けた。小狸に似た珠子がニタッと笑って小さく肯く。肯く意味はわかっている。小さく動かした唇が、

（お茶会）

と言っているのがわかる。渋い顔で肯くしかない。向かいに座る幸一郎と美智子さんは敏三が小さく肯いたことを、同居を肯定したと誤解をしたようだ。そうはいかんぞ、と今度は敏三がニヤリと笑った。

隣の珠子が、教室にいるかのように、ハーイ、と手を挙げた。

「異議あり！」

珠子の声に、敏三はフーッと、思わず吐息をついた。珠子の「異議あり」の挙手を許すには、当然それなりの代償を払わなくてはならないのだ。代償とは、こうである……。

一昨日、晴れていたので庭の木に帯を掛け、そこでいつもの打ち込みを百回、腕立て伏せを五百回こなし、風呂に入ってさっぱりし、縁側で足の爪を切っている時に膝の横に置いてある携帯が鳴った。慌てて液晶画面を見ると、タヌ子とあった。

「おはよー、じいじー」

じいじの語尾が伸びていた。

「朝っぱらから、なんだ？　何か企んでおるのか、その気色の悪い声は」

「来たよ、やっぱり」

「来たよ、って、何だよ？　借金取りでも来たのか。悪いが、金はないぞ、もう金は無い」

「借金取りじゃあないよ。もっと良い話」

「なに、良い話？」

「お誘いだよ、お誘い」

「何の？」

「横川家からのお誘い」

「横川家？　何だ、そいつは」

「何だ、そいつは、ってのは無いんじゃね？　譲さんとこだよ、この前ゴチになったじゃん、フランス料理」

思い出した。珠子のボーイフレンド、あの高橋英樹の家のことだ。

「譲さんのところがね、今度、お茶会するんだって」

「ふーん」

「で、まあ、じいじに来て欲しいってわけ」

「嫌だね。断る」

即答である。

「ま、話、最後まで聴いてよ」

「最後まで聴かなくたって、もう結論は出ている。何ならわしの代わりに美智子さんでも連れて行け」

「駄目なんだよ、じいじじゃなくちゃあ。ご指名なんだから、あちらの」

「嫌だよ、わしはそもそも茶の作法なんか知らんし、茶は煎茶か番茶で十分だ、無ければウーロン茶で結構。それも無けりゃあ、水でいい」

「じゃあさ、向こうへ行ったらさ、そう言って普通の煎茶を飲ませてもらったらいいじゃん」

珠子はけっこう滅茶苦茶なことを言う。

「バカ。お茶会に行って、煎茶をくれ、なんて言えるか。いくらじいじが鉄の心臓でもそんなことは言えん」

「だったら我慢してさ、点《た》ててくれたやつ飲んでよ。ただ、くるっとお茶碗回して飲むだけだからさ」

「嫌だ、と言ったら嫌だ」

「でもね、どうしてもじいじに会いたいらしいんだよね。何だかおかしいけどさ、じいじって、本当に、けっこう女にもてるんだよねー」

「べつにおかしいことはなかろう、なんだ、その言い方は」

と、敏三は美奈子嬢を思い出した。うむ、まんざらそんなことがないわけでもない……。心中を覗かれたか、珠子が言った。

「なにさ、嫌らしい含み笑いなんかしちゃって」

電話の向こうなのに、表情が見えるようなことを言う。

「電話切るぞ、馬鹿馬鹿しい」

「あの人が泣くよ、そんなつれないこと言うと」

あの人、という一言が気になった。

「……あの人って、誰だ……高橋英樹の母親か」

瞼に豊満でけっこう色っぽい女の姿が浮かぶ。

「高橋英樹？」

「おまえのボーイフレンドだ、譲さんって言う」

「なんだ、あいつか」

と珠子は素っ気ない。

「とにかく断る、いいな」

「困ったねー、あの人、簡単には諦めてくれないよ、じいじのこと。ずっとさ、じいじのこと考えてるんだって。ね、凄いよね、それって」

「あの人が、か？」

助平心に小さな火が点く。

「高橋英樹の母親が、そう言ったのか？」

「ううん」

「じゃあ、誰だ」

嫌な予感がわき起こる。

「おばあちゃんのほう」

「なに、あの金髪ブルが、か？」

「金髪ブルはないんじゃね。ひどいよ、それは」

「そうじゃないやつにそう言ったら失礼だが、金髪のブルドッグにそう言っても、それほど罪じゃあないだろ」

「罪だよ、罪。それにね、あのおばあさん、ブルドッグなんかに似てないよ」

「いや、似ている。金髪ブルだ。だいたいな、いい歳をして金髪なんかに髪を染める根性がいかん、気に入らない」

「あのね」

「何が、あのね、だ。アノネオッサンは大昔に死んだ」

アノネオッサンとは戦前の喜劇スターの高勢実乗《たかせみのる》のことである。『アノネ、オッサン、ワシャー、カナワンヨー』と言っていた、殿様スタイルで、目の下に墨を塗っていた奇人だ。

そういえば、昔はおかしなことを言う喜劇スターがずいぶんいた。『アジャパー』と言っていたバンジュンこと伴淳三郎《ばんじゅんざぶろう》、『ザンス、ザンス、サイザンス』と言っていたトニー谷《たに》。あの頃の喜劇役者はみんな可笑《おか》しかった。

「あのね、じいじ、あのおばあさんの金髪はね、染めたんじゃないの」

「ん?」

「染めるのはもう嫌だって、自然の白髪にしようとしてるだけ」

「でも……金髪じゃないか、西洋人形みたいな」

「脱色してね、白髪になる途中でね、ああいう色になるの。金髪に染めたわけじゃあないの」

「ふーん」

と、取りあえず納得した。

「だいたいね、じいじは人を見る目がないよ。譲さんのお婆ちゃんは、ブルドッグになんかぜんぜん似てないよ。眼鏡取ったらえらく可愛い顔してんだから。もっとちゃんとしっかり相手を見なくちゃあ」

人を見る目が無い、と断じられても、今の敏三には反論する力もない。堀越美奈子の一件もあって、かなり自信を喪失しているのだ。

「今度お茶会行ってさ、ちゃんと顔を見たらいいよ、歳は取っているけどね、若い時はそりゃあもてたと思うよ。美人ってタイプじゃないけど、可愛くて、色っぽくてさ」

「なに、色っぽい?」

色っぽい、という言葉に敏三は特別弱い。簡単に気持ちがぐらつく。

「そう。コケティッシュって言うのかなぁ、なんか手で包んで食べちゃいたいような感じ。そうそうヒヨコとかさ、そんな可愛らしさ」

「ヒヨコだぁ?　また、いい加減なことを言いよって」

ブルドッグがヒヨコに変身するのを想像したが、駄目だった。ブルドッグが狆《ちん》くらいには変わったが……。

「ほんとだよ、ほんと。一度さ、眼鏡取ってもらってさ、顔見せてもらったらいいよ。じいじが頼めばさ、ポーッと顔赤くしてさ、きっと眼鏡取ってくれるから。ハハハ」

「なにが、ハハハ、だ。人を馬鹿にしよって。嫌だ、ご免だ、行かんぞ、お茶会なんぞ」

「またぁ。そんなつれないこと言わないでよ、可愛い孫に。行ってくれたらさ、代わりにじいじを助けてあげるからさ」

「助けるって、何から助けてくれるんだ?」

「それはね……」

と言って教えてくれたのが、息子の幸一郎と嫁の美智子さんが出したという敏三との同居の情報だったのだ。

「異議あり!」

敏三が肯くのを確認した珠子がもう一度手を挙げたままで言った。

「なんだ?」

幸一郎が怪訝《けげん》な顔で訊く。

「無理だよ、お父さん」

珠子は父親を今の若い子のようにパパとは呼ばない。

「何が無理なんだ？」

さすが元刑事だから幸一郎は簡単に動じたりはしない。にこやかに娘の話を聴くつもりらしい。

「じいじは一人じゃあないからね。ちょっと無理なんじゃないかなぁ、その同居ってやっ」

「一人じゃあないって、どういう意味だ？」

さすがに不思議そうな顔になる。

「どうって、そういう意味だよ、じいじが独《ひと》り身じゃあないってこと」

幸一郎が敏三を見詰める。敏三は、なるほどその手で来たか、と息子の視線を外して珠子の顔を見る。

「ね、そうだよね、じいじ？」

と珠子が敏三にニヤリと笑って見せる。

「どういうことなんです？」

と、幸一郎が言う。隣の美智子さんも敏三を見詰めている。それまで無関心で料理に箸を伸ばしていた雄一郎も度の強い眼鏡の中から祖父を見詰めている。

「どういうことって……まあ、そういうことだ、うん」

「女性が、お父さんに、いるということですか……」

「いたら、どうだというんだ？　年寄りを好きになるおなごだって、まったくおらんわけでもない」

珠子を除いた全員が唖然としている。敏三は俄然《がぜん》張り切った。

「おまえらな、だいたい年寄りを馬鹿にしとるんじゃないか？　いいか、これからの世の中はな、高齢化社会だ、高齢者にもこれからは活躍の場が増えるのだ、と政府も言うておる。ま、政府の言うておることなんか信じられやせんが、とにかく年寄りばかりの国になるってことだけは間違いないんだ。その年寄りがだな、活躍するにはどうしたら良いか、わかるか、おまえは。わからんだろう、脳味噌が硬いからな。そいつにはコツがある。いいか、良く聴け。そのコツはな、若い奴らと同じように生きるってことだ。たらふく飯を食い、飲みたいだけ酒を飲み、そして女も作る。それが出来んで、何が人生か。薬漬けで、やることと言ったら毎日の散歩。そのうち、医者に通うことが趣味になる。どこか悪い所はないかと医者に行って検査してもらう。どこにも悪くないと言われたら、喜ぶどころか機嫌が悪くなり、どこかまた違う医者を探す。どこにも悪いところなんかありませんよ、と言われたらがっかりする。病気です、と言われたほうが安心する。笑うな。おかしいだろうが、これが大方の年寄りの心境だな。馬鹿みたいだが、そうなんだから仕方が無い。じゃあ、大勢の年寄りがなんでそんな馬鹿をするか。頭が悪いからじゃあないぞ。ノイローゼだからさ。そうだよ、大抵の年寄りはみんなこれだな、ノイローゼだ。なんでそれではノイローゼなんかになるか。そいつはな、死ぬ時のことばかり考えて、ほかにすることがないからだ。医者の他に自分と親身に接してくれる者がいないからだよ。ま、医者なら最低限年寄りでも話は聴いてくれるからな。若い者に話を聴かせようったって、ま、嫌がられるだけだ。年寄りは、すぐ昔は、昔は、って言うってな。かみさんだって亭主の話なんか真面目に聴いてくれやせん。はい、はい、って言ってたって、頭の中は他のことを考えてる。亭主の話なんて聞き飽きたし、第一面白くない。面白い話題なんかあるはずがないんだ。毎日、ただ散歩しているような年寄りにさ。だが、年寄りにとっちゃあ、こいつはけっこう辛いぞ。そいつはな、外側と中身が違うからだ。外回りはそりゃあ酷いことになっとるからね。髪の毛は無くなり、顔にはシミが出来、皺くちゃだ。昔は颯爽《さっそう》と歩いていたのに、もうよたよたとしか歩けない。ところがだ、実は中身は若いやつらが考えているほど老化しちゃあいない。心持ちはな、若い頃とそれほど変わっちゃあいないんだ。青春時代が老人の皮膚を纏《まと》っているだけだ。だが、そいつを知ってるのは当の老人だけ。若い連中は外側だけ見て、中身まで老化しちまってる、としか思わん。年寄りの身になってみろ。こいつは哀しいことだろうが。違うか？　歳をとってみんとこの哀しみはわからん。だが、ひとつはっきりしてる。これで人生を生きとるとは言えんということだ。医者に通ってどこか悪い所はないかとびくびく、何でも無いと言われるとかえって不安になる。健康食品を買いまくり、体に良いからとひたすら用も無いのに歩いてみる。わしは嫌だね、そんな年寄りになって生きたくはない。したいことをして、それで駄目なら仕方がない。何もしないでその挙げ句に死ぬんならまだ諦めもつくが、必死に医者通いして、その甲斐もなくアウト、なんて胸くそ悪いわ。と、言うことで、わしのことは心配せんでよろしい。わしは元気だし、おまえらの世話にならんでも生きて行ける。さよう、飲む、打つ、買うだ。ハハハ」

それまで隣で唖然としていた孫の雄一郎が訊く。

「おじいちゃん」

「なんだ?」

「飲む、打つ、ってのはわかるけど……買うって何?」

「ん?」

敏三は孫の頭を拳骨でゴツンとやって言った。

「そんなことは、知らんでよろしい」

大演説を終えて、敏三は残り少ないグラスにおそるおそるではなく家族の目を気にせずにビールを注いだ。

「なるほど。それでお父さんは医者の言うことを守らないんですね」

動じない息子は困った顔で苦笑して言った。

ビールを喉に流し込む前にむせた。嫌なことを言う奴だな、と敏三は、

「何を言うか。守っているよ、ちゃんと」

取り敢えず言い返す。が、演説と違って、その声はかなり力の無いものになっている。

「で、お父さん、あなたに、本当に珠子の言ったような人がいるんですか？」

さすが、警察組織のてっぺんに立とうとするだけあって息子は冷静である。刑事時代はこうであったか、と言うような鋭い目で敏三を見詰める。

「……おらんこともない、ま、複数おるな」

「まあ……じゃあ、いつかおっしゃったこと、冗談ではなかったんですね！」

と、これは嫁の美智子さんが心底驚いたように言う。ふだんは家族の会話などにまったく関心の無い隣の雄一郎も固まったままだ。

「本当だ……まあ、付き合っておる人がいないわけではないよ、本当だ、嘘ではない」

敏三の声がどんどん力の無いものになる。亡妻の七回忌に何でこんなことを言わんとならんのか。これは、まずい。やってもいない罪を責められて冤罪《えんざい》で長期刑を食らいそうな気分になる。

「珠子、本当なのか？」

幸一郎の矛先《ほこさき》が珠子に向かう。

「本当だよ、本当」

「ちょっと信じられんな」

と、また苦笑する。

「嘘じゃあないよ、本当だってば」

「珠子は、それじゃあ、お爺様のお相手を知ってるの？」

今度は美智子さんが追及する。普段は義父に優しい嫁までが疑惑の顔になっている。

「知ってるよ。その人はね、横川さんのお婆さま」

隣の敏三は、ゲッとなった。

「あらまあ！」

「嘘じゃあないってば。正式にお付き合いしたいって、先方がそう言ってるの。疑ってるんなら横川さんに直接電話して確かめたら。だからじいじはお茶会に招待されてるんだから、ご指名で」

ゲッ、ゲッが酷くなった。

「本当ですか、お父さん？」

息子の鋭い目の追及は、まるで凶悪犯を追い詰めた刑事そのものの目だ。

「招待されとることか？　うん、されとる、されとるよ」

「だから来週私と行くのよね、じいじ？」

と、これは珠子。敏三は消え入るような声で答えた。

「行く、行く、もちろんだ」

もう逃げ場はなくなり、敏三は呻くように言った。幸一郎と美智子さんが顔を見合わす。

窮地から立ち直った敏三はうそぶいた。

「だから、今、言っただろう。人は外見じゃあないんだ、中身、中身。外側は老いさらばえても、皮の内側は熱血がたぎっておる。そういうこと、ハハハ」

敏三はグラスのビールを一気に空け、幸一郎の前に置かれたビール瓶に手を伸ばした。

家まで車で送る、という幸一郎に、

「いや、寄るところがあるから一人で帰る」

と言って、敏三は家族と別れて一人電車に乗った。別に寄る所など無かった。これ以上息子たちといたらいろいろボロが出てしまう畏れもあったからだ。

亡妻の墓は霊園で、敏三が金を出して探したものだから都心ではない。都心に新しい墓を買えるほど、敏三は金持ちではないのだ。で、その墓は、私鉄沿線の神奈川県に入った所にあり、『七つ星町』までは私鉄を二回乗り継いで二時間近くかかるほど遠い。近くの駅までは幸一郎の車で送ってもらって電車に乗った。

二十

午後三時過ぎの電車は空いている時間帯の筈なのに、敏三の乗った電車はけっこう混んでいた。優先席からはかなり離れた扉から乗ったので、けしからん若者にいたずらする機会も無かった。今日は鞄を提げていないので吊革に両手でぶら下がるように摑まり、三十分ほどで最初のターミナル駅に着いた。

乗り換えの為には別のホームに行かなければならない。だから、次のホームまではかなり歩かなければならない。階段を降りて、また違う階段を上る。エスカレーターのついている昇降場所もあるし、エレベーターもあるのだが、たまたま敏三が電車から降りた場所から遠いので我慢して階段を使った。

前を歩く若い女性の脚が目の前にあった。短いスカートなので脚のかなりの部分がいやでも見える。ふだんの敏三ならすぐに脚鑑定を開始するところだが、今日は違った。

あの奈々ちゃんの脚を思い出したのだ。キッチンで敏三の為に旨い料理を作っている奈々ちゃんの後ろ姿だ。男娘のくせに、なんとも細くて格好の良い脚だったなぁ、と思った。

その奈々ちゃんは、今は収監されて拘置所にいる。来月に入ったらすぐに公判が開かれる、と美奈子嬢から聴いている。弁護士は国選ではなく、美奈子嬢がつけた腕の良い刑事専門の弁護士だとも聴いた。幸い殺傷事件にはならなかったが、手にしていたのがスタンガンだけでなく出刃包丁だったから、執行猶予にはならないだろうと、これは禿げの甘利署長が言っていた。

「刑を終えたら、そうですね、出来ればわたくしのところで引き取ったら良いのでは、とも考えているんです」

と美奈子嬢は自分が殺されるかも知れなかったことを忘れたようなことを言っていた。

「いったい何であの子はあんたを殺そうなんて思ったのかね？」

という疑問に、美奈子嬢はこう答えた。

「可愛がり過ぎたんでしょうか。籍には入れなかったんですけど、自分家《ち》の子のようにしていましたから」

「それなのに、追い出された、とそう思ったんですかな」

「いえ、たぶん、それだけではないと思うんですね。奈々ちゃんは……母親を慕うような気持ちじゃなくなって、女性を見るような感じでわたくしを見るようになったんです」

「女性を見る目ですか」

「ええ。そうはっきり思いました」

待って下さいよ、と敏三は言った。奈々は男のくせに女になりたいと、そう思って手術もして女になったのではなかったか。だったら、おかしいではないか。女になったのなら、今度は男に惚れるはずだろう。男に惚れる女心に気づいたから。女性に変身したのではないのか。美奈子嬢は悲しそうに笑みを浮かべて言った。

「そうですよね、敏三さんがおっしゃる通りですよね。でも、奈々ちゃんは……男では無くて女の人が好きだったの。変でしょう？　でも、そうだったんです、奈々ちゃんは女の人が好きだった」

それではレズビアンではないか。

「複雑ですけど、そうだったのだと思います」

だってコンビニで働いている彼氏がいたではないか、と敏三が言うと、

「いません、誰も。昔、お店で働いていた子で一人奈々ちゃんが好きになった子はいましたけどね。ボーイフレンドは一人もいなかった……」

コンビニの彼氏だけでなく、母親も妹もいないのだ、とこれは退職したお巡りの桜田氏と同じ事を美奈子嬢は言った。

「そいつは……たしかに複雑ですなぁ」

まあ、男が女になったって、別に女を好きになってもかまわない。それこそカラスの勝手でしょう、である。

「で、あなたに惚れた……」

「大きくなってからですけど。それがはっきりわかったので、これは良くないと、それで独立しなさいと言ったのです」

美奈子嬢が入浴中に、浴室に入って来たこともあったという。そんなことが重なって、奈々は堀越家を追われる形で家を出た。

奈々はアパートを借りて一人暮らしを始めても、そう簡単に美奈子嬢を諦めたわけではなかった。何かと理由をつけて堀越家に来ることを止めなかったし、もちろん『堀越美容室』を辞めることもしなかった。だが、美奈子嬢の父親が癌で亡くなり、彼女がマンションを購入して引っ越すと、もう美奈子嬢の家を訪れる機会も無くなった。職場では一緒でも、これでは美奈子嬢の私生活はわからない。

奈々は美奈子嬢に男が接近することを何よりも恐れた。ストーカーを始めたのは美奈子嬢の私生活を知るためでもあり、また男が近づいたかどうかを探るためでもあり、最大の理由はストーカーが現れたということから自分がボディガードとして送り迎えが出来るようになるという、そんな理由だったのだろう、と美奈子嬢は説明してくれた。深夜、美奈子嬢を送って行けば、家に入れてもらえるかも知れないと、そんな理由もあったのかも知れない、ともつけ加えた。

だが、期待に反して美奈子嬢は送ってもらっても奈々を部屋にはいれず、やんわりと追い返していたと言う。そんな自分に対する対応とは違って、敏三の場合は家に招き入れ、茶菓子まで出す供応を、奈々はどう感じたか。

あまり面白くない想像だが、おそらく最初は、禿げ頭の年寄りなら安心と考えたのだろう。それが、予想に反して、まるで愛人のように敏三をもてなしたのだから、美奈子嬢に強い憎しみを抱くことになったのだろう。

もちろんこれは推測で、実際は違う理由だったのかも知れない。ある時からあの歯医者が登場して、自作自演の筈のストーカーが、今度は本当に登場した、と思ったかも知れない。だが、新たに現れた本物のストーカーよりも、どうしてなのだろう、奈々ちゃんは美奈子嬢のほうが憎かったらしい。

あの子は、母親のように自分を愛してくれた美奈子嬢を殺して、自分も死のうと思った……。本当のことはわからない。それはいずれ公判で明らかになるのだろうが、敏三よりも美奈子嬢を憎んだことは出刃を持って襲おうとしたことから、どこか屈折した憎しみを抱いていたことは間違いないようだった。

「可哀想だと、そう思います。だって、わたくしたちは、あの子が嫌いではないんですから。だから……あの子が出て来たら、それが正しいのなら、わたくしの養子として籍を入れても良いのかなって、そう思っていますが……でも、先のことですからね、その時にならなければわかりません。お恥ずかしいのですが、わたくしも今、そんなに冷静な判断が出来るような状態でもありませんので」

至極《しごく》もっともな意見だった。幸いその場にはいなかったにせよ、奈々がストーカーだったという事実は、美奈子嬢にも計《はか》り知れない傷心を与えているはずだった。やっぱり警察の連中が考えていたよりも、この堀越美奈子という女性はまともで、しかも心優しい女性なのだ。

どこか悲しい結末だが、ハッピーなことも少しはあった。敏三の予想通りに、警視総監賞ではなかったが、署長賞を「アワワ」と現場で腰を抜かした蒼井巡査と、人の好《い》い小野寺巡査部長がゲットし、面倒くさいストーカー事件で美奈子嬢から責められなくなったストーカー対応署員たちもまた間違いなくホッとした筈であった。しかも、その上、表彰された蒼井巡査は、将来をもっとも嘱望されている若手として、『七つ星署』婦警たちから熱い視線を浴びている存在なのだという。

電車を乗り換え、次のターミナル駅までやって来た。また乗り換えだった。今度は勝手知ったホームを歩き、いつもの位置でホームに入って来る電車を待った。電車の到着を待つ乗客もけっこういて、敏三は、こいつらはいったいどこへ行く、どんな乗客なのだろう、と思った。

都心に向かう電車ならわかるが、下りの電車だからだ。方向から考えたら勤め人とは思えない。だが、男も女もみんな勤め人のようで、暇そうな乗客はいない。

長い列だったが、なんとか席には座れた。かなり混んで来た。いよいよドアが閉まると思われたところで、おばさんが一人飛び乗って来た。おばさんは敏三の前に立つ。見上げて見ると、おばさんというには幾らか歳が行っていた。敏三よりもいくらか年下か。それでも六十代の半ばくらいには見える。手にかなり重そうなバッグを提げている。背が低い。胴にはくびれもない。かけ蕎麦クラスだ。

いかん、いかん、と敏三は思った。美女鑑定はもう止めようと敏三は思っている。あれは武人のすることではない。まさか自分が武人などと思ってはいないが、品の無い趣味だと、このところ大いに反省している。取りあえず人に迷惑は掛けていないが、相手にしてみたらジロジロ見られて嬉しいわけがない。いや、美人だったら嬉しがるのもいるかも知れないが、眺めているのが禿げ親爺だと知ったらこれは絶対に喜ぶはずがない。

それにだ、自分にはまったく人を見る目が無い。これはあの珠子から指摘された通りだ。本当に正しい鑑定眼の持ち主ならあの堀越美奈子嬢にも最初から高得点を与えていなければならないのだ。それがただ歯ばかり見ていた。横川の婆さんに対しては、ただ金髪に染めたと思った髪の毛と、金縁眼鏡ばかりを見ていた。

それも違うか……。ただ表面的な美醜ばかりに目が行って、おそらく本当に見なければならない所を見てはいなかったのだろう。自分は、それでは他人からどんな鑑定をされているかと考えれば、まあ、もり蕎麦クラスだろう。甘い鑑定士だったらそのもり蕎麦に海苔《のり》くらい振りかけてくれるかも知れない。それでもやっとザル蕎麦だ。

ザル蕎麦の鑑定眼は、せいぜいザル蕎麦くらいの価値しかなかろう。そんな鑑定には何の意味もない。肝心のものを見逃し、一番大切なものに気づきもしない傲慢《ごうまん》な鑑定……。

敏三は鋭い孫娘の指摘がけっこう堪《こた》えたのだ。人間の本当の素晴らしさや、持っている大切な物の存在にはまったく気づかない鑑定眼……。恥じ入るほかはないではないか。で、止めた筈だったが……。

失礼だとはわかっていたが、もう一度観察した。重そうなズックのバッグを肩から提げたおばさんは、何もかもかなりくたびれている。太い胴、太い腕、太い首……髪は梳《と》かされてきちんとしているが、美容院に通っているとは思えない。半袖のシャツから覗く太い腕は筋肉は見えないが硬そうだ。しっかりと、それも硬そうな肉の付いた体は、ダイエットなどとは無縁に生きてきた女のそれだ。重そうなズックのバッグには何が入っているのか。ご亭主のために、子供たちのために、それだけのために一生懸命に生きて来ると、こういう体や顔になるのではなかろうか……おばさんは、疲れているように見える……。

ああ、ツキがないなぁ、とため息が出た。どうしてか、座席に座れた時に限ってこういうことが起きる。マーフィーの法則ってやつか。くたびれているのなら、どうして次の電車を待たない。十分ほど待てば次の電車が来て、そいつに乗れば座れるのに……。やっぱり特別急ぐ理由があるのかねぇ。

敏三は隣を見たが、誰も席を譲ろうとする者はいない。それはそうだ、みんな座ったばかりで、途中駅で起こった出来事ではないのだ。始発駅なのだ。誰もが、座りたいなら次の電車を待てば良いじゃあないか、と思っている。敏三はまた目の前の小さなおばさんを見た。額から低い鼻に一筋汗らしい滴が落ちている。何だか、汗が涙に見える。もう、いかん……と観念して敏三は立ち上がった。

「座りますかね?」

エッ、という顔でおばさんが敏三を見詰める。

「わしはすぐ降りますから」

嘘である。『七つ星駅』まではまだ四十分以上、十何駅か、乗らなければならない。

「いいんですか？」

とおばさんが、ちょっと恥ずかしそうだが喜色を見せて言う。

「いいんだ、さあ、座って」

おばさんを座らせると、敏三は無念の思いで乗客を掻き分け、よたよたと別の場所に進んだ。すぐに降りるとおばさんに言ったのだから、見える所にいつまでも立っていてはまずい。よたよたと歩いて行った先には優先席がある。左右六席ある優先席は当然だが空席は無い。その前に立っている乗客が四人ほどいる。

敏三は優先席に近づいた。喪服の上着を脱ぎ、片手で抱える。空いている優先席の前の吊革にぶら下がった。優先席の三人は年寄りではなかった。連結に近い席に座っているのはでっぷりと肥えた四十代の女性。眠っているのか目を閉じている。その隣。これは五十代の親爺だ。老眼鏡か、眼鏡が鼻の先までずり落ちている。手には新聞を持っている。普通紙ではなくて競馬新聞。目の前を見た。学生か、白のポロシャツに黒縁の眼鏡を掛けている。これは若者にしては珍しく携帯ではなく、ノートのようなものを見ている。真面目そうな若者だ。掛けている眼鏡からか、頭脳明晰《めいせき》な大学生に見える。

何故か今の敏三には、電車のブレーキでよろけてみせ、肘打ちで顎を直撃したり、肘をそのままみぞおちに落としてやりたいという欲望は起こらない。不思議だ。だから珍しく、本当に珍しく、こう言った。

「お兄さん……席、替わってくれんかね」

真面目そうな若者が顔を上げ、不思議そうに敏三を見詰めた。言っていることがわからない、という顔だった。宇宙人を見るような目と言ったらいいか。敏三はにっこり微笑んで見せた。しばらく敏三を見詰めていた若者が何事も無かったように、また手元のノートに目を落とした。それきりだ。もう顔は上げない。敏三は若者に聞こえないほど小さなため息をつき、のたのたと優先席から離れて行った。『七つ星駅』に着くまで、敏三はずっと立ったままだった。

本書は書下ろしです。なお、この作品はフィクションであり、登場する人物および団体はすべて実在するものといっさい関係ありません。

祝暴爺

一〇〇字書評

切・り・取・り・線

購買動機（新聞、雑誌名を記入するか、あるいは○をつけてください）	
□（　　　　　　　　　　　）の広告を見て	
□（　　　　　　　　　　　）の書評を見て	
□ 知人のすすめで	□ タイトルに惹かれて
□ カバーが良かったから	□ 内容が面白そうだから
□ 好きな作家だから	□ 好きな分野の本だから

・最近、最も感銘を受けた作品名をお書き下さい

・あなたのお好きな作家名をお書き下さい

・その他、ご要望がありましたらお書き下さい

住所	〒				
氏名		職業		年齢	
Eメール	※携帯には配信できません		新刊情報等のメール配信を 希望する・しない		

この本の感想を、編集部までお寄せいただけたらありがたく存じます。今後の企画の参考にさせていただきます。Eメールでも結構です。

いただいた「一〇〇字書評」は、新聞・雑誌等に紹介させていただくことがあります。その場合はお礼として特製図書カードを差し上げます。

前ページの原稿用紙に書評をお書きの上、切り取り、左記までお送り下さい。宛先の住所は不要です。

なお、ご記入いただいたお名前、ご住所等は、書評紹介の事前了解、謝礼のお届けのためだけに利用し、そのほかの目的のために利用することはありません。

〒一〇一‐八七〇一
祥伝社文庫編集長　坂口芳和
電話　〇三（三二六五）二〇八〇

祥伝社ホームページの「ブックレビュー」からも、書き込めます。

http://www.shodensha.co.jp/bookreview/

祥伝社文庫

兇暴爺《きょうぼうや》

平成29年11月20日　初版第1刷発行

著　者　阿木慎太郎《あぎしんたろう》
発行者　辻　浩明
発行所　祥伝社《しょうでんしゃ》
東京都千代田区神田神保町3-3
〒101-8701
電話　03（3265）2081（販売部）
電話　03（3265）2080（編集部）
電話　03（3265）3622（業務部）
http://www.shodensha.co.jp/
印刷所　萩原印刷
製本所　積信堂
カバーフォーマットデザイン　芥 陽子

Printed in Japan ©2017, Shintaro Agi ISBN978-4-396-34368-2 C0193

〈祥伝社文庫　今月の新刊〉

阿木慎太郎
兇暴爺《きょうぼうや》
投げる、絞める、大暴れ！　何でもありの破天荒すぎる隠居老人。爆笑必至の世直し物語！

南　英男
疑惑接点
殺されたフリージャーナリストと元バスジャック犯。二人を繋ぐ禍々しき闇とは？

沢里裕二
淫謀《いんぼう》
一九六六年のパンティ・スキャンダル
一枚のパンティが、領土問題を揺るがす。芯まで熱いエロス＆サスペンス！

草凪　優
裸飯《はだかめし》
エッチの後なに食べる？
淫らは、美味しい……性と食事の情緒を描く官能ロマン誕生。

泉　ハナ
外資系秘書ノブコのオタク帝国の逆襲
オタ友の裏切り、レイオフ旋風を乗り越え、ノブコは愛する「アニメのためすべてを捧ぐ！

辻堂　魁
父子《おやこ》の峠
日暮し同心始末帖
この哀しみ、晴れることなし！　憤怒の日暮龍平、父と父との決死の戦いを挑む！

喜安幸夫
闇奉行　燻《いぶ》り出し仇《かたき》討ち
幼い娘が殺された。武家の理不尽な振る舞いの真相を探るため相州屋の面々が動き出す！

今村翔吾
九紋龍《くもんりゅう》
羽州ぼろ鳶組
喧嘩は江戸の華なり。大いに笑って踊るべし。最強の町火消と激突！